田澄子百句

坪内稔典
中之島5
編

創風社出版

撮影：橋本照嵩

（夫と）

（三橋敏雄と）

（朗読する澄子）

◆池田澄子百句　目次◆

閉経までに……赤石　忍　6
窓も句集も……赤石　忍　7
草いきれ……朝倉晴美　8
元日の……朝倉晴美　9
旗日とや……一門彰子　10
蒟蒻は……一門彰子　11
青い薔薇……井上曜子　12
合歓一木……井上曜子　13
じゃんけんで……植田清子　14
主婦の夏……植田清子　15

エッセイ◆相棒あるいはご主人……香川昭子　16

定位置に……内田美紗　18
恋文の……内田美紗　19
潜る鳰……若林武史　20
生きるの……若林武史　21
寒ければ……おおさわほてる　22
湯ざましが……おおさわほてる　23
天高し……岡　清秀　24
冬の虹……岡　清秀　25
ピーマン切って……香川昭子　26
馬鹿馬鹿と……香川昭子　27

エッセイ◆お金……芳賀博子　28

はつ夏の……川端建治　30
月の夜の……川端建治　31
春風に……木村和也　32

笑い了えし…木村和也　33
着ると暑く…紀本直美　34
ふたまわり…紀本直美　35
水面に……久保敬子　36
短日や……久保敬子　37
屠蘇散や…久留島　元　38
花よ花よと…久留島　元　39
エッセイ◆ファッション……陽山道子　40
風呂敷で…黒田さつき　42
産声の……黒田さつき　43
薄氷に……小枝恵美子　44
いつしか人に…小枝恵美子　45
育たなくなれば…児玉硝子　46
枝垂桜……児玉硝子　47
想像のつく…児玉恭子　48
まぼろしの…児玉恭子　49
エッセイ◆姿勢……山田まさ子　50
腐みつつ……小西昭夫　52
口紅つかう…小西昭夫　53
雨月かな……小西雅子　54
路地に朝顔…小西雅子　55
言語せつなく…佐藤日和太　56
かすてらの…佐藤日和太　57
坐せば野の…塩見恵介　58
気がゆるむと…塩見恵介　59
青草を……清水れい子　60
TV画面の…清水れい子　61
エッセイ◆食べる……久保敬子　62
おどりいでたる…つじあきこ　64
人生に……つじあきこ　65
カメラ構えて…津田このみ　66

椿咲く……津田このみ 67
初恋の……坪内稔典 68
また夏を……坪内稔典 69
青嵐……鳥居真里子 70
短日の……鳥居真里子 71
句集の世界◆『空の庭』……香川昭子 72
啓蟄や……二村典子 74
太陽は……二村典子 75
おかあさん…ねじめ正一 76
前へススメ…ねじめ正一 77
泉あり……野本明子 78
夕月や……野本明子 79
言う前に…長谷川　博 80
世の中の…長谷川　博 81
目覚めると…原　ゆき 82
春菊が……原　ゆき 83
句集の世界◆『いつしか人に生まれて』……芳賀博子 84
気を抜くと…火箱ひろ 86
棕櫚咲いて…火箱ひろ 87
忘れちゃえ…陽山道子 88
人類の旬の…陽山道子 89
相談の……ふけとしこ 90
茄子焼いて…ふけとしこ 91
先生……藤井なお子 92
落椿……藤井なお子 93
句集の世界◆『ゆく船』……久保敬子 94
人が人を…星河ひかる 96
舌の根や…星河ひかる 97
遅き日を……松永静子 98
戦場に……松永静子 99
バナナジュース…松本秀一 100
野に在りて…松本秀一 101

この辺り……三池しみず 102
八月来る……三池しみず 103
もう秋と……水上博子 104
きぬかつぎ……水上博子 105

句集の世界◆『たましいの話』……山田まさ子 106

永き夜の……南村健治 108
冬うららか……南村健治 109
亀にでも……三宅やよい 110
春日遅々……三宅やよい 111
あら君は……森山卓郎 112
こっちこっちと……森山卓郎 113
脱ぎたての……藪ノ内君代 114
どの道も……藪ノ内君代 115

句集の世界◆『拝復』……陽山道子 116

初明り……山田まさ子 118
蓋をして……山田まさ子 119
古今東西……山本純子 120
立てば芍薬……山本純子 121
よし分った……芳野ヒロユキ 122
西瓜ほど……芳野ヒロユキ 123
本当は……芳賀博子 124
使い減りして……芳賀博子 125

池田澄子略年譜——香川昭子編 126

あとがき……131

池田澄子百句

【凡例】
・池田澄子の百句は編者が選んだ。百句の配列はほぼ製作年順である。
・作品のルビは編者がつけた。
・鑑賞文中に「自解」とあるのは『シリーズ自句自解Ｉベスト100池田澄子』（ふらんす堂）をさす。

閉経《へいけい》までに散《ち》る萩《はぎ》の花何匁《はななんもんめ》

秋。初老を迎えた女性。生理的な出血が途絶える、その年齢を迎えるまでに、萩の花はどれだけ散るのだろうか。女性が更年期を迎えた感慨、素直に読めばそういうことだろう。だが、閉経、萩、匁という言葉が並ぶと、何か仕掛けが、と邪推したくなるのが悪い癖だ。

赤紫色の萩の花は古来、女性器を比喩したという人もいるが、この句を一読、つげ義春の劇画「紅い花」を思い出した。しかも主人公の少女が老残の卒塔婆小町に変身し、紅い花が象徴する初潮を回顧するかのごとく、すうと立っている。どれだけの月日が流れたのかという思いと共に。花がもし、白濁の白萩ならば、三島由紀夫の卒塔婆小町が多くの男たちを取り殺したように、どれだけの男性を受け入れてきたのか、そんなイメージも湧いてくる。いやいや、いけない。そんな愚劣な妄想は、作者を冒瀆するもの。もっと純な気持ちで読まなければと反省もする。

季語「萩の花」(秋)。『空の庭』所収。　赤石　忍

窓《まど》も句集《くしゅう》も四角《しかく》なりけり暑気中《しょきあた》り

夏ばてで臥せっている。光が射しこんでくる四角い窓は、小さな見上げる天窓の方がふさわしい。枕もとにある誰かの句集ももちろん四角形。自解には「泥臭い世界にはまだ余地があるように思った。重信俳句の熱に酔いながら、だから、このような素っ気ない句を作ろうとした」とある。熱を帯びた難解な高柳重信の言葉の魔手から逃れるためには、日常の趣の少ない世界を詠む以外に方法はなかった、ということなのだろうか。

ちょっと穿った感想を。窓と句集は窓秋。四角は、エッセイ「キュリー夫人の痕」にもある「表現者にとって唯一の証拠は表現物だけだという当然の覚悟を、高屋氏を思う度に、私はあらためて確信する」という窓秋の信念への共感。そして暑気中りは重信の熱に臥せている作者自身。そのように読むと、今後の自分が歩むべき道を模索している句のようにも見えてはこないか。多分、違っているとは思うが。

季語「暑気中り」(夏)。『空の庭』所収。　赤石　忍

草《くさ》いきれ振《ふ》り向《む》きて振《ふ》り向《む》かれけり

リフレインが、大変効果的な一句。また、中七を「振り向いて」と音便化せず、「振り向きて」としたことで、カ行、つまりKの音が連続する。「く、き、き、か、け」と。そのKの音の連続によって、草むらの茫々たるさまが喚起される。熱気のこもる夏の草むら。私が振り向くと、その人も振り向いた。その行為が夏草のむっと蒸した空気を伝える。行為の同時性（シンクロニシティー）について、作者は自解に、師である三橋敏雄と経験したシンクロニシティーを紹介している。

私は夏草の青さが好きだ。夏草の茂る田舎の夏が大好きだ。草いきれの中で、クラッとする一瞬、この世のすべてが夢のように感じたりする。そんな、異次元的な世界をも感じさせる夏の草むら。その空間に魅了される。振り向いた人に振り向かれた人。それこそ、異次元世界の気配ではないか。

季語「草いきれ」（夏）。『空の庭』所収。

朝倉晴美

元日《がんじつ》の開《ひら》くと灯《とも》る冷蔵庫《れいぞうこ》

元日という、極めて特別な一日を指す季語は、日常的な出来事と取り合わせられることが、ままある。それが、元日という日の特殊さを際立たせるのであるが、そこに、ユーモアを加味したのが掲句。冷蔵庫のライトは、開けると必ず灯る。三六五日、必ず灯る。その普通さが、元日のめでたさを確認させ、軽い笑いを呼ぶ。ウイットも感じる。

さて、冷蔵庫を開けても灯らないことがあるとしたら、それは故障した冷蔵庫。それに遭遇するのは、結構難しい。自解では、閉じている冷蔵庫は灯されていないことを、撮影して証明した知人を紹介している。こんな知人を持つ作者を羨ましく思うが、常時灯らない冷蔵庫を持ちたいとも思う。開ける度に灯される冷蔵庫内の食品たち。彼らが少し、不憫だから。

季語「元日」（新年）。『空の庭』所収。

朝倉晴美

旗日《はたび》とやわが家《や》に旗《はた》も父《ちち》も無《な》し

旗日とは国旗を揚げて祝う国民の祝日の事。読みとして「とや」は「だなぁ」と軽く読もう。今日は旗日だなぁ。が、私の家には国旗も父も無い、という事実のみを淡々と述べた句である。国旗が無い事と父が無い事との関係、理由、心情を解く手掛かりになる言葉が無い。だから読者も淡々とその事実のみを読めばよいのであろう。――だが想像するに、父在りし日の旗日には家族揃って国旗を揚げていた。晴天にはためいていた日の丸。父の晴れやかだった顔。誇らしく仰ぎ見ていた喜び。それらが今や無い。しかし旗日に無いものは旗と父だけか。いや、しかし作者のこだわりは旗と父にある。このこだわりこそが、いかなる旗日であれ、作者にとってあるべきものこそは「国旗」であり「父」でなければならないか。そう読むと、旗と父を媒体とした作者の旗日への思いが痛い。作者は自解して「厭戦の…」とある。

無季。『空の庭』所収。

一門彰子

蒟蒻《こんにゃく》はとわにふるえて春《はる》の雪《ゆき》

「春の雪」は春先に降る雪で大抵は積もらない。その「春の雪」と「ふるえている蒟蒻」という二つの物のありようを取り合わせた句。例えば台所で夕餉の仕度をしている。蒟蒻もある。調理しようと四角いベロベロした物を手に取る。と、その時、手の中で蒟蒻は震えたのだ。あらっと思いつつ包丁を入れるとまた震えた。あらっとまたも思った時、視線は窓へ流れ、外は思い掛けずもチラチラと春の雪、というのが句の情景だろう。

蒟蒻に命は無い。しかしこの句で感受されているのは蒟蒻の命か。「蒟蒻よ、なぜ震えるのか。そういえばこの私の命も、哀楽に震えつつ生きていることよ」と呟いたか。蒟蒻がとわに震えるなら、嘆きもとわに続くはず。愛しい命が震え続けるはず。しかし命は春の雪のように消える。静かな句である。中七のひらがな表記が一句を表情豊かなものに仕上げているのも魅力。

季語「春の雪」(春)。『空の庭』所収。

一門彰子

青《あお》い薔薇《ばら》あげましよ絶望《ぜつぼう》はご自由《じゆう》に

青い薔薇と絶望、何だか魅力的な取り合わせである。フランスの貴婦人が出てくるような。まずこの取り合わせに心を引かれる。

それから考えてみる。青い薔薇って本当にあるのだろうか。調べてみると二〇〇四年にサントリーが開発したとある。しかし、薔薇には青の色素がないので実際は青紫に近い色らしい。この句が作られた頃はまだサントリーの薔薇もなかった。つまり青い薔薇は現実には存在しない。

青い薔薇は人々が挑戦してまだ叶えられないもの、そしてこれからも挑戦していくもの。そう希望の象徴なのだ。辛いことも多い人生、絶望する人は自由に絶望すればよい。でも私は絶望しない。青い薔薇を探して生きていく。そして出来ることなら絶望しているあなたも立ち上がって。青い薔薇をあげるから。一見人を突き放したようにみえて実は優しい俳句なのである。

季語「薔薇」（夏）。『空の庭』所収。　井上曜子

合歓《ねむ》一木《ひとき》しばらくを咲《さ》き合《お》うている

合歓の木にはほんわかとしたイメージがある。葉は夜になると眠り、花は頬紅の刷毛のように美しい。美智子皇后はかつて〈ねんねのねむの木眠りの木〉という優しい子守歌を作られた。

「合歓の花は不思議な形で、ぼーっと在る。季節が来るとたくさん咲き合って散り合って種になり合う。」この「合う」という言葉が好きだと作者は言う。ぼーっとしているようにみえて日々の営みをきちんと続け合っている合歓の花たち。作者はここに自らの思いを投影する。「人も一人では生きられず生き合っている。」縁あって同じ時代にこの世に生まれ合った私たち。じゃんけんで負けた蛍も勝った人も草木も、この世のしばらくの時を「偶然のように必然のように今を共に生き合う。愛し合い時に憎み合い死に消え合う。」生き合えることに感謝。文中の「　」の中は自解。

季語「合歓の花」(夏)。『空の庭』所収。

井上曜子

じゃんけんで負《ま》けて蛍《ほたる》に生《う》まれたの

じゃんけんとは何と便利で手っ取り早い勝負だろう。小さな勝負ではあるが、やはり勝った方が得したようで気分が良い。

大差ない事を決めるじゃんけんを、この句は何に生まれるかという重たい事柄に用いている。数多いる生物の中で負けとして詠まれた蛍、清流でしか生きられず儚く控え目で鳴き声も無い。同じく短く生き鳴き続ける蝉には負けというイメージは似合わない。

ところで負けた蛍は敗者なのだろうか？　暗闇でほのかに自らを光らせ、見る人を癒す蛍は負けても輝いている。昨今では野生の蛍は激変し、催し物のため放たれた蛍を人々は見物に訪れる。一度自然の蛍を見に行こう、ゆっくりとまたたく光を見ながら、ではじゃんけんに勝ったら何に生まれるのだろうかと考えてみよう。

季語「蛍」（夏）。『空の庭』所収。　植田清子

主婦《しゅふ》の夏指《なつゆび》が氷《こおり》にくっついて

植田清子

夏は飲み物やソーメン等に氷をよく使う。喉越しよく爽やかだ。素手で触れると確かに氷がくっつく、何気ない日常事が句になって心地よい。「くっついて」の後は氷を無意識に外し次の作業に入る姿が思い浮かぶ。痛いほど冷たいと判っているが「平気」という感じ。

最近の冷蔵庫は自動でコロコロの氷が出来上り触れる事なく利用できるがこの句の感覚は大事にしたい。米を研ぐ指と掌の絶妙な動きやキャベツの千切り、胡瓜の塩もみ等主婦の指は働き者である。だが時には女性として指輪やマニキュアで装うのも忘れない。近所に老舗の製氷屋がある。透明な大氷塊を鋸で切っていて、冷蔵庫に転がる氷とはまるで違いとてもくっつく規模の氷ではない。夏場だけ軒先で即席の「かき氷屋」となり美味しいと評判だ。この夏は是非ミルクのたっぷりかかった「ブルーハワイ」を食べよう。

季語「夏」(夏)。『空の庭』所収。

池田澄子の今１　相棒あるいはご主人　　香川昭子

――メールでいきなりの質問ですが、自分の俳句は原則として家族には見せないと書かれておられましたね。

隠すわけではないですが、わざわざ見せたことはないですね。いつでも何かは書いていますので、取り立てて、何を書いているの？と聞かれたことはないです。彼はジャーナリストなので、いつも自分の書くことで頭がいっぱいです。そう言えば、彼は私に読ませようと思うらしく、メール添付で送ってきます。二人のパソコンは何メートルも離れていませんけど（笑）。

――ご主人は俳句をする池田さんをどう思われているんでしょう。

よく毎日毎日一日中、飽きないね、と言われます。ちょっと呆れながら。でもそういうものがあってよかったねと、思っているみたいです。パソコンに一日中向かっていると、体に悪いよ、と言われたりはします。が、私も夫にそう言っています。

先日、君は俳句に巡り会わなかったら何をしていたんだろうねえと言っていました。

――恋の句がいくつかありますが、ご主人とのことは詠まれましたか。

個人的な報告の句は、余り作らないので、具体的に、あれは夫のことです、というようなものはありません。人間はこういうふうに人を恋うなあ、という書き方です。あ、わりに最近の冗談のような句、「ファーストキッスのあと立てなくて遠花火」は、六十年前のことそのまま。あぁ可笑しい。まさか、六十年後に俳句にするとは思いも寄らず、です。

――以前、言葉の使い方の違いなどについて、ご主人と話されたことを書いていらっしゃいましたが、今はどんなことを話されますか。

どこに何を書いたのだったかしら。忘れてしまいましたが…。夫の言葉の使い方は、既製品っぽくて、私は既成の言い方を先ず消して、自分の言葉を使おうとする、ということは、思います。例えば新聞の見出しなど常識的な既製品の言葉（夫は、新聞の編集をして見出しを付けるのが上手だったようです）に、私には見える。私はそれを全部チャラにしてから書きたいんですよ。ですが、もう、取り立てて、そういう話はしません。あ、そうそう、「屠蘇散や夫は他人なので好き」これが私の夫婦観かも。でも、時々それを忘れて、即ち感謝や喜びを忘れて。困ったもんです。

定位置《ていいち》に夫《おっと》と茶筒《ちゃづつ》と守宮《やもり》かな

食卓の指定席についている夫。無意識にでも手に取れるところの茶筒。眼をやったガラス戸のいつもの隅に吸い付いている守宮。

見慣れたリビングの情景は、取りたてて言うほどもないけれど穏やかな明け暮れに、安らぎを覚えている作者の気持ちだろう。夫と茶筒と守宮が同等の存在として扱われているのが愉快であり、この句の主眼とも思える。一読、見たままの報告のようで、だからどうなの？と問われそうだが、作者は自作についてのエッセイに、そう思われたらシメタもの、と書いている。句の周辺を説明するのはシラけるので「だからどうした」はあえて書かないようにしているのだからと。で、この句の「だからどうした」は奈辺にあるのかを想像すると、守宮を「かな」という詠嘆の切れ字で言い留めたところではないだろうか。気味の悪い姿の守宮が「定位置」にうっすらと影を落としているようだ。

季語「守宮」（夏）。『空の庭』所収。

内田美紗

恋文《こいぶみ》の起承転転《きしょうてんてん》さくらんぼ

内田美紗

思い悩んでなんとか書き続けてきた恋文の、締めくくりの部分を書きあぐんでいるのだ。肝心の相手の気持ちが分からないからか、想いを伝える言葉に苦慮しているからか。

「起承転転」の表記が、苦しい胸の内をカタチにしているようだ。さくらんぼとの取り合わせが、かわいい恋を思わせて微笑ましい。

自解によると、少女時代の作者は、書き溜めた恋文が物置にひと箱もあるほどせっせと恋文を書いたとか。が、それが残っているということは、現実のラブレターというより、恋心にも似た文章表現への渇望の現れだったのかもしれない。

後に俳句と出逢ったとき、俳句のつれない詩形式は、まさに心が千々に乱れる恋文だと直感したそうだ。だから、いまも俳句を書くときは、恋文に熱中していたころと同じようにココロも言葉も「起承転転」なのだと。

季語「さくらんぼ」（夏）。『空の庭』所収。

潜《もぐ》る鳰《にお》浮《う》く鳰数《におかず》は合《あ》ってますか

「鳰」は、湖沼に浮かび時折潜水して小魚を捕食する鳥。琵琶湖の異名に「鳰の海」とあり、古来より詩歌に採り上げられる鳥だ。作者の眼はこの鳰の日常に注がれる。そしてこの日常は、鳰の数が「合ってますか」という事務的とも言える確認の言葉によって簡単に揺らいでしまうのだ。「合ってますか、合ってないかもしれませんよ」と問いかけられた私たちは、自信を持って「合ってます」と断言できるだろうか。本当に潜った数だけ鳰は浮かんでくるのだろうか。

作者は、師である三橋敏雄に最後の「か」は要らないのではと言われたが頑なに通した、と自解している。この問いかけの効果は、おそらく二つ。一つは、生の不安定さを読者にはっきり意識させる効果。「合ってます」からそれを読み取るのは骨が折れそう。もう一つは、鳰の数を数えようとする読者の自意識を表出させる効果。句が読者にぐっと近づいてくる。

季語「鳰」(冬)。『空の庭』所収。

若林武史

生《い》きるの大好《だいす》き冬《ふゆ》のはじめが春《はる》に似《に》て

「生きるの大好き」という直截的な表現がまず目に飛び込む。読者は、生を真正面から謳う人間の健やかさに憧れるに違いない。そしてこの言葉がそのまま「冬のはじめ」につながるように組み立てられているため、「冬のはじめ」はたちまち陰鬱な季節ではなくなる。

春に似た冬のはじめ、それは「小春日和」のある日である。作者はどうして「小春日和」という季語を遠ざけたのだろう。それはきっと自らの表現意図が「小春日和」という季語とその周辺の歳時記的事実に簡単に回収されないようにしたかったからだ。作者は季語「小春日和」を解体し、その中にそっと埋め込まれている遠い春の予感が読者に実感として感じられるように仕組んでいるのだ。小学生でも分かる、わかりやすい言葉でありながら、何だか深い。誰もが「小春日和」の内部に侵入できる仕掛けがこの句には用意されているようだ。

季語「冬のはじめ（初冬）」（冬）。『空の庭』所収。

若林武史

寒《さむ》ければ着重《きがさ》ね恋《こい》しければ逢《あ》う

着るという日常、間違いなく女性の句だ（男性は寒さにも着物にも往々にして無頓着なものだ）。寒いから着る。当たり前である。しかし、会いたければ会うのではない。恋しければ逢うのだ。初々しい幼い恋ではなく、酸いも甘いも噛み分けた大人の女性の恋。その女性の姿は決して格好いいものではない。寒くて重ね着して、一歩間違えば着膨れしてしまう。そのどこかユーモラスな格好でもノーメイクでも男と逢うのだ。会うと逢うは違う。会うは単純にミートの意。逢うは逢瀬という言葉のあるように、強い意志としかも秘めた関係を思わせる。どこか、ふてぶてしさを感じさせる女に、男は受け身一方かもしれない。重ね着、ではなく敢えて着重ねと反転させ、逢うと対峙させせている。恋しければ逢うのよと言い切る心が切ない。

季語「寒さ・重ね着」（冬）。『空の庭』所収。

おおさわほてる

湯《ゆ》ざましが出《で》る元日《がんじつ》の魔法瓶《まほうびん》

年の瀬は昔はどこの家庭でも、家族総出で慌ただしく過ごす。大掃除をし、おせちをつくり、あるいは餅をつき、玄関や居間に注連縄や鏡餅を飾る。紅白を見る頃にはようやく落ち着き、蕎麦の出前を取る。子供らもこの日ばかりは夜更かしし、ゆく年くる年を横目で見ながらようやく床につく。初日の出を拝む向きもあろうが、大抵は朝寝坊をする。それでもきちんと服を整え、どこか面映ゆく、うやうやしく、おめでとうございますを言い、杯を上げる。主婦もこの日ばかりは、家事から解放される。だから魔法瓶から湯冷ましが出る。湯冷ましが出ることが、元日の気分なのだ。作者は自解して、「元日の」と言えば、何もかもが特殊なモノになる、と述べている。空、空気、部屋、窓と並べ「元日の夫も元日の私も、昨日と何も変っていないのだけれど、ちょっと照れている」と。その気分に浸る夫婦が微笑ましい。

季語「元日」（新年）。『空の庭』所収。

おおさわほてる

天高《てんたか》し歩《ある》くと道《みち》が伸《の》びるなり

景がひろい。というか空間が広がっていく。「天高し」は、空気の澄み渡った秋晴れの空が高く感じられる様である。このように天が高く感じられる「天高し」は、作者の心も澄みきった清々しい状態だからこそ感じる場合と、ふと見上げた秋空を意識することにより、心が清々しくなり「天高し」と感じる場合がある。何れにしても、晴れ渡った秋空のもと、良い気分で歩くと遠い道のりも苦にはならないし、更にもっと歩きたくなる。秋空の上方への空間の高まりと、道が伸びていくという前方の空間への広がりが気持ち良い。下五を「伸びるなり」とし、そのリズムと余韻を楽しんでいる。

北海道の大地をのんびりと、こんな感じで歩いてみたいものだ。小さな丘を一つ越え、二つ越え…、鼻歌でも歌いながら。

「歩こう歩こう私は元気…」

季語「天高し」（秋）。『空の庭』所収。

岡　清秀

冬《ふゆ》の虹《にじ》あなたを好《す》きなひとが好《す》き

こう思われる〝あなた〟になってみたいし、こんな思いのできる作者にもなってみたい。こんな関係は、男女に限らず、〝あなた〟の持つ魅力から生まれ、作者の魅力がそれに共鳴し生まれるのだろう。冬の虹は、夏の虹に比べ空気も冴え凛とした雰囲気で美しいが、めったに見ることはできない。このような冬の虹を目にしたときに、こんな〝あなた〟を思ったのだろう。

大阪の阪神高速道路を走りながら、冬の虹を見たことがある。その日、長男の結婚式を終え、新郎新婦と別れ、家族での帰り道だった。娘が突然、「あ、虹」と前方左を指差した。冬の虹だ。「冬の虹って珍しいから、兄ちゃんたち、きっと幸せになるね」などと、根拠のない会話をしながら車を走らせた。

珍しい冬の虹にあやかり、こんな〝あなた〟の魅力か、こんな作者の魅力を持ってくれるといいのだが。

岡　清秀

季語「冬の虹」(冬)。『空の庭』所収。

ピーマン切《き》って中《なか》を明《あか》るくしてあげた

「ピーマン」。肉詰めにしたり細切りにして炒めて食べるあの野菜である。あるとき、あるところで、ピーマンの中は闇だと直感しただれかが、これはなんとかしてやらねばと、ピーマンを切って明るくしてあげましたという俳句。書かれてみれば、中は闇だけれど、ピーマンはなにかの喩えでもなさそうだし、こんな俳句ってあり？　ありなんですね。あんまりばかばかしくて、肩こり頭痛も逃げ出しそう。読んだ人間は、気持ちが明るくなりましたよね。だけど、切ってもらってピーマンはどんなだったたんでしょうね。

作者は自解して「完全痴呆的な句」と言い「知性にも知識にも関係のない、主張も見栄もない句」、でももう一度このような句を作ってみたいけど、「案外できないものだ」と述べる。そして「世のためにも人のためにも自分のイメージアップにもならない。でも、何故か私らしいような気がする」と語る。

季語「ピーマン」（秋）。『空の庭』所収。

香川昭子

馬鹿《ばか》馬鹿《ばか》と言《い》うと口《くち》あき春《はる》の空気《くうき》

なんかへんな句である。誰に「馬鹿馬鹿」と言うのだろう。それで、たとえば、春の陽気に、思いもかけなかったことをしてしまったりして、「馬鹿馬鹿」とつぶやいたら、口が開いていて、春の空気が入ってきた、というように読んでみた。

この句は、なんといっても文体が面白い。ふつう、なにかものを言うためには、口を開けるのが先である。だけどここでは、言ってみたら口が開いていた、という道理をそのまま言葉にしている。それが、春のたよりないような、ぽかんとしたような感じを出している。このようなとりたてて意味のない、おかしいことは、こんな風にしか書けないだろう。「馬鹿」が「ばか」や「バカ」でないところもいいと思う。

春二番三番四番五番馬鹿　三橋敏雄

こんな句もある。春のあちこちに、馬鹿の粒子が跳びまわっているみたい。

季語「春」(春)。『空の庭』所収。

香川昭子

池田澄子の今2　お金　芳賀博子

——いきなりで恐縮ですがテーマは「お金」。ということで、ご自身はお金に関してなにか信条にされているようなことはありますか？

最も不得意な分野で、私の最もダメなところです。ひと口で言えば「お金のことを考えないでいたい」です。考えないで生きてきた、かも。無さ過ぎても、有り過ぎても、考えなければいけないでしょうから、やや足りないですけど、ひどくは困らない程度で、まあ丁度よい加減の暮らしなのかもしれません。将来を考えると、どうも足りないらしい、と今頃、はたと思い至って、参ったなあ、ってとこです。

——ご自身の金銭感覚というと。

贅沢ではないし、見栄っ張りでもないので、お金が無くて悔しい思いなどはしたことがありません。始末屋さんでもないです。本当は沢山あって欲しいですよ。でも貯め方を考えるのが絶対にイヤ。金銭感覚っていう感覚を司る脳の部分が、壊れているか無いか、らしいです。暮らしの中で主婦として一番イヤなのが、少なくても貯金などの方法を考えたり決めたりしなければならないこと。たかだか五十万とか百万円のことですが、定期預金などの満期が来ると、ぞっとします。それをどうするか考えたり、処理したりしなければならないので、面倒で憂鬱になります。

――では「主婦」として、小さなことですが、たとえばスーパーで見切り品を買われることはありますか？　それもちょっとケチに思われないかな、なんて人目を気にしたりせずに。

勿論、買いますよ。いつも買ってます。ぜんぜん抵抗ないです。品物の状態をよく見てからにしますけどね。

――これまでに「これはいい買い物をした」と思われるものは？

だんだん難しくなってきましたね。敢えて言えば、ユニットバス。まだ代えなくてよい浴室を変えて、それも随分と前の話ですが毎晩よい気持で、居眠りしそうになっています。お風呂で眠って溺死って多いんですってね。気を付けなきゃ。

――逆に「これは大失敗だった」は？

強いて言えばデザインが気に入って買った電話。ＦＡＸなどが使いにくくて失敗でした。

――もし宝くじで百万円当たったら？　さらに一億円なら？

実際に当たったら分かりませんけど、百万なら？　句集？（急に、マジに）

一億円？？　娘と息子に三千万くらいずつあげて（ホントか？）、あとは貯金かな。欲しいものもないし。あ、『三橋敏雄全句集』を出したい。

はつ夏《なつ》の空《そら》からお嫁《よめ》さんのピアノ

「初夏」が「はつ夏」と、仮名まじりになったことで、夏に向かう五月の空がいっそう明るくなった。その抜けるような青空からピアノの音が聞こえてきたのである。新婚のお嫁さんの弾くピアノの音が初夏の空に響いている。そんな景であろうか。

ところで…、聴いているのは誰なのか？

「お嫁さんの…」とつぶやく人物で、誰を思い浮かべるかで、ピアノの音の印象が微妙に変わってくる。新婚さんの隣家に住む気のいいおばさんならば、どうってことはない。

聴いているのが、新婚夫婦と同居することになったお姑さんならどうだろうか。日曜日の昼下がり、庭で洗濯物を干している彼女の耳に、息子の嫁の弾くピアノの音が聞こえてきた。ピアノの音の向こうに、彼女と息子夫婦のドラマが見える。安堵の中の一抹の寂しさ、同居への気遣い、もしかしたら、かすかな嫉妬も。

季語「はつ夏（初夏）」（夏）。『空の庭』所収。　川端建治

月《つき》の夜《よ》の柱《はしら》よ咲《さ》きたいならどうぞ

川端建治

　棟上げを終えたばかりの新築中の家には、真新しいむき出しの柱が立ち並ぶ。柱には、屋根を支えるだけでなく、天と地をつなぎ、神を呼び降ろすという役目があるらしいが、月の光を浴び、おのが身内に神を迎える歓びにふるえながら、柱たちは、心高ぶらせ、酔っぱらっているのかもしれない。

「月の夜」と取り合わせたことで、句の前半には、神懸かったような「柱」の姿が顕れ、胸騒ぎのする雰囲気が漂い始めている。

　自解では、「柱は息をしながら匂い立っている（日本の神はなぜ柱と数えられたのだろう）」と、作者も、匂い立つ柱から神の気配を感じているようにも…。しかし、句の後半では、「咲きたいならどうぞ」と、柱への呼びかけは、どこか突き放したような口調に変わる。そこには、酔っぱらっている柱たちの神懸かり的世界に距離を置き、少し白けて見ている作者がいる。

　季語「月の夜（月夜）」（秋）。『空の庭』所収。

春風《はるかぜ》に此処《ここ》はいやだとおもって居《い》る

暖かで穏やかであるはずの春風を受けながら、自分のいるこの場所を「いやだとおもって」いるのである。

「四月は残酷な季節である」とは、西洋の詩人の述懐であるが、春風もまた、不安定な感情の起伏を運んでくるのであろうか。「此処」は実際にどこであるかは不明だが、「此処」にはおそらく、自分自身の存在も含まれているだろう。春風によって触発された自身のこころの焦燥と出口のない不安感が、ストレートな「いやだ」という感情となって表出されている。

「居る」という漢字表記に注目したい。補助動詞としての「いる」ではない。「居る」は本来の意味を有する本動詞である。すなわち、いやだと思いつつ、そこに「居る」のである。否定的な感情のなかに居直ろうとするものの不逞なたくましさが、春風の中に佇立している。

季語「春風」（春）。『いつしか人に生まれて』所収。

木村和也

笑《わら》い了《お》えし体《からだ》が桜《さくら》ふぶきの中《なか》

桜吹雪の中に笑いが生起したのではない。笑い了えた体が、桜吹雪の中に発見されたのである。ここでの笑いは哄笑というのに近いだろう。明るく野放図な笑いが終息し、その共鳴体であった体そのものが、エネルギー源を失った発動機のように静止したまま静寂の中に見出されたのだ。気がつけば桜ふぶきの中である。「笑う」という動作は、精神の活動であると同時に純粋に肉体の活動でもある。この句の眼目は「体」にある。

作者は自解で、「笑い終わりながら我に帰ってゆく」「この世に一人という気分になり」と述べている。「我」を意識するのは肉体によってである。笑いというものが持つ融和性のあとに、「私」というものの肉体の孤絶感が認知されたのである。華やかな「桜ふぶき」と「笑い了えし体」の動と静のコントラストが見事だ。

季語「桜ふぶき(桜吹雪)」(春)。『いつしか人に生まれて』所収。　木村和也

着《き》ると暑《あつ》く脱《ぬ》ぐと寒《さむ》くてつくしんぼ

上着を一枚羽織るとちょっと暑くて、脱ぐとなんだか肌寒い。誰もが毎年感じる春の陽気である。つくしんぼがたくさん生えている春の野原を、わいわいと駆け回っている子どもたち。その遊んでいる子どもを見守っている母親が、上着を脱いだり着たりして待っている景色が目に浮かんでくる。

もしくは、野原一面に伸びているつくしんぼが、自らの袴を脱ぎたいなと思っているのかもしれない。つくしをやめて、そろそろスギナになろうかどうしようかと、迷っているようにも想像できる。

作者は「作る時に下五に苦労した覚えがある」「迷った結果のこの平凡さが内心、気に入った」と自解している。迷い迷って、いろんな言葉を当てはめて、口からふっとついて出てきたような素直な句を紡ぎだす。作者の練られた軽さが光る句である。

季語「つくしんぼ（土筆）」（春）。『いつしか人に生まれて』所収。　紀本直美

ふたまわり下《した》の男《おとこ》と枇杷《びわ》の種《たね》

女の隣に座っているのは、ふたまわり下の男。そして、ふたりが食べた枇杷の種が、皿の上に転がっている。場所はどこなのだろう。枇杷の種から察するに、周りに沢山の人がいるようなレストランではなさそう。二人きりになれる趣のある旅館だろうか。もしくは、女の家かもしれない。枇杷の味は甘くてジューシー、しかも、独特の渋みがあるから、酸いも甘いも噛み分けた男と女の食えない関係を感じさせる。

「ひとまわりは男女の関係になり得る。みまわりだと、その心配も可能性もほぼ皆無。ふたまわりはぎりぎり微妙な年齢差であるか」と作者は自解している。二人はどんな会話をしながら枇杷を食べたのだろうか。男に枇杷を剥いてあげたのか、それとも、剥いてもらったのか。読み手次第でどんどん想像が広がっていく、映画のワンシーンのような句。

季語「枇杷」（夏）。『いつしか人に生まれて』所収。　紀本直美

水面《すいめん》に表裏《おもてうら》あり稲光《いなびかり》

「稲光」は秋の雷光のことをいうが、雷は夏の季語。古くはこの雷光が稲を実らせるといわれ、稲妻といわれることが多かった。

秋の夜空に鋭く走る光、一瞬辺りが明るくなり闇の中に水面が光った。池、湖、あるいはプールかもしれないが水面の広がりに裏は？　と思ったのであろう。それだけ稲光が強かったのである。

作者は自解して「魚たちにとって、水面は下側の水に向かっている方が表、外気に触れている方が裏」と述べている。面の表、裏は立場によっては逆転もする。それはいろんな場面で言えることだろう。

また、作者は「稲光は、それらの外側を表面と思わせる」とも述べている。水面に裏表があるという指摘が稲光によって読者の脳裏に焼き付けられる一句である。あっ、ここにも裏があった。さて表は？

久保敬子

季語「稲光」（秋）。『いつしか人に生まれて』所収。

短日《たんじつ》や茹《ゆ》でて青菜《あおな》のこれっぽっち

初冬の室内で何か作業をしていてふと、窓の外を見て日が暮れてきていることに気付き慌てることがある。そんな日のことを「短日」という。

この頃お互い「日が短くなったなあ！」と思わず口にする。正にその感慨を「短日や」と表現している。そんな時夕食までは時間はあるが日が落ちてくると気が急《せ》き準備に取り掛かったのであろう。青菜はほうれん草か小松菜か。水洗いした青菜は嵩高い。鍋の熱湯にほうり込んだとたん、緑色は濃くなり嵩は減る。調理をして小鉢にでも盛り分けるとこれっぽちとつくづく思う。シンク一杯だったのが食卓にのぼるとほんの少し。案外手間のかかる一皿のお浸しなんだわ。と冬の夕方の台所の一コマを夕日とともに想像できる。

季語「短日」（冬）。『いつしか人に生まれて』所収。　久保敬子

屠蘇散《とそさん》や夫《おっと》は他人《たにん》なので好《す》き

英語の better half は、「伴侶」、夫や妻をあらわす。おどけた言い回しらしいが、「良き分身」は凄い。一心同体、二人で一つということか。とてもロマンチックで、しかしうさんくさい。まるで片割れがいないと独立できない半端者のようではないか。それに比べ掲句は潔い。独立した「他人」であればこそ、腹立つことも理解できぬこともある。それでもしみじみ、だからこそ「好き」になったのだと思い返す。以下、掲句の情景を想像してみる。

妻、元日に改まって。「旧年中はお世話になりました」（いったん間。夫、ややびくびく）「…今年もよろしくお願いします」（夫、ほっと一息）「こちらこそよろしく」。妻、鷹揚に頷き、お屠蘇をひとくち。

屠蘇散は屠蘇延命散ともいい、肉桂、山椒、防風などの生薬を配合した漢方薬。これを清酒、またはみりんに浸したものが「お屠蘇」で、延命を願って元日に飲む。

季語「屠蘇散（屠蘇）」（新年）。『いつしか人に生まれて』所収。　久留島　元

花《はな》よ花《はな》よと老若男女《ろうにゃくなんにょ》歳《とし》をとる

蝶よ花よと可愛がられる子どもたちが、おじいちゃんおばあちゃんに連れられて花見に来る。おじいちゃんおばあちゃんも、かつては子どもであり、その子どもたちの子どもが今や大人になり、いまの子どもたちもいつか大人になる。

辛いこと、楽しいことをこえて一年がめぐる。春になれば桜は咲き、生きている限り人は平等に歳をとる。その幸せと、動かしがたい事実の重さ。「花よ花よ」と口ずさむように軽く華やかな起句から、しっかりと時間の流れを見据えた一句。

俳句で「花」といえば桜のこと。山桜からソメイヨシノへ、人気の品種は変わっても日本人は桜が大好きだ。演歌から童謡、ポップスに至るまで、桜の名曲は数え切れない。作者の師、三橋敏雄は、俳人たるもの雪月花に鶯、時鳥、紅葉の代表句は持たねばならぬ、と教えたそうだ。無季も辞さぬ作者のなかでも「花」の存在感は強い。

季語「花」（春）。『いつしか人に生まれて』所収。

久留島　元

池田澄子の今3　ファッション　陽山道子

東京は雪だった。関西ではあまり積もることがなくなってきたから、久しぶりの雪に出会ってワクワクしていた。ホテルの窓から降る雪を眺めたり、傘をさして雪道を歩いたりした。だが、私のワクワクはそれだけではなく澄子さんに会えるからだった。連れ合いに用事があり、少しだけ私もお話を伺うことになっていたから。

ホテルのロビーで澄子さんを迎えた。不慣れな東京なので雪の中を来てくださったのだ。変わらず爽やかな明るい声で挨拶してくださる。澄子さんとは「船団」の初夏の集いでお目にかかるくらいで、それほどお会いしているわけではなく、俳句界のトッププランナーとして活躍されている方なので緊張したが、フランクに話してもらったので落ち着いた。

――いつも黒っぽい服の人という印象で、パーティのときは赤いドレスだったように思うのですが、他にどんな色を着られますか?

「黒を着ていると安心するの。あまりお洒落していることを知られたくないし、お洒落することを頑張っていることはいやなの。できるだけ着ていることを忘れていたいし、ブランド物への拘りもないし、素材はなんでもよく、形もぴったりしたものを避けて、体形を隠すようにしているくらい」。

——髪形や化粧は？

「あまり染めたりしないし、化粧もそんなにしない。髪もカットするだけで……。ときどきチョチョッと白い物を隠すくらい。着物を着ていたときは、和服にはアップでというこだわりがあったので、長くしていたのだけど、句集を出したとき何か変化が欲しくて髪を切ったの。それからずっとショートカット」。

『あさがや草紙』のなかに次のような件がある。

「私は贅沢ではないし物が欲しいというほうでもないから、有るとも無いとも考えずに暮らしていたいのである。ようするに、ぬるま湯の中と例えられるようなボーッとした暮らし方が好みであるらしい。」（お金について）

きっとお洒落にたいしても通じているだろう。この日はセーターにスパッツ。チュニック丈のニットのベスト、ブーツとすべて黒。それに黒のカシミヤのコートで、アクセントに赤、グリーンなどの混じった細身のマフラー姿。「頑張ってるのはいや」と口にされていても、とてもシックでしなやかな大人の澄子さんだった。

風呂敷《ふろしき》で運《はこ》ぶ地球儀《ちきゅうぎ》春一番《はるいちばん》

この地球儀は孫への入学のお祝いか何かであろうか。風呂敷で包んで大切に持ち運ぶ、祖母の孫に対する優しさあふれる句。ここで力強く感じるのは「運ぶ」という動詞。もちろん祖母が自分の手や足で運ぶのであって、昨今の宅急便やネットで簡単に配達してもらうのではない事が強調されている。

足腰の弱ってきている祖母にとってのこの行為は容易なことではないのだが、その意志の強さと風呂敷で包む優しさ、それが「春一番」と呼応している。

春になって初めて吹く強い風に少し風呂敷が翻ったりするが、すっと背筋を伸ばした初老の婦人がしっかりと風呂敷包みを抱えて歩いている姿は美しい。風呂敷を解いた時の孫の笑顔やそれらを取り囲む家族の顔も想像されて、人と人との温もりが感じられる。風呂敷も、こういったたたずまいも、無くしてはいけない日本の大切な文化の一つだ。

季語「春一番」(春)。『いつしか人に生まれて』所収。　黒田さつき

産声《うぶごえ》の途方《とほう》に暮《く》れていたるなり

産声は生まれたての赤ちゃんが発する声なので、この場合、赤ちゃんが途方に暮れているのか。羊水の中で気持ちよく過ごしていたのに、急にそこから放り出されたためか。

また、その赤ちゃんの母親が赤ちゃんを産んだ直後に、もしくは生まれるのをただ待っているだけだった父親が、これから親となることへの不安な気持ちから、産声が途方に暮れているように聞こえたのかもしれない。

または全くの赤の他人が、病院かどこかで産声を聞いて、こう感じたのかもしれない。

いずれにしても、これは過去のことで今は途方に暮れていないのである。こういうことが確かに過去にあったなぁという感慨。元来の産声のイメージを覆すが妙に納得させられてしまう、まんまと作者の世界観にはまってしまう不思議な一句。

黒田さつき

無季。『いつしか人に生まれて』所収。

薄氷《うすらい》に雨降《あめふ》るよわが排卵日《はいらんび》

春になる頃のまだ肌寒い日々。外に出ると木々を芽吹かすような少し明るい雨が、薄氷にも降っている。そんな日に私の排卵が始まったという。薄氷と雨が混ざり合う風情と、作者自身の排卵日とを取り合わせた句である。「雨降る」ではなく「雨降るよ」と、口語調でつぶやくような「よ」が加わることによって、そこに作者の心の高ぶりが感じられる。排卵は女性特有の現象だから人それぞれの思いがあるだろう。薄氷に春先のしっとりとした雨の音がして、排卵日の卵子が排出されることを重ね合わせると、女性のナイーヴな感覚が際立つ句である。

作者の自解では、「春先の溶けかけた氷が薄氷。鈍色のシャーベット状に近い場合が多い」とある。その薄氷に雨が降るとやがて氷が解けてゆくだろう。排卵日の先には、やわらかな生命感のある未来が見えてくることも想像できる。

季語「薄氷」(春)。『いつしか人に生まれて』所収。　小枝恵美子

いつしか人《ひと》に生《う》まれていたわ　アナタも？

人は人に生まれて来たことをいつ確認するのだろうか。自分自身が人であることに不意に驚き、「いつしか人に生まれていたわ」と言い、一呼吸おいて、「あなたも？」ではなく「アナタも？」と、問いかけている。このカタカナ表記は特定の夫や家族でなく、すべての人への問いかけである。こう言われると「そうね、いつだったかしら？」と、考えてしまう。そして、「アナタも？」と、この世に人として生まれた不思議さを皆で確認しあう。

普段意識しない事を一瞬考えさせてくれる句である。考えてみれば、生まれたばかりの頃の記憶は誰にもなく、ないからこそ生きられるとも思える。人は人に生まれた瞬間の不安さ、心細さなど知らずに生きて来た。「いつしか」という時の経過の不明さが、人にとっては救いでもあるだろう。女性の普段の言葉で、やさしく他人に語りかけているところが共感を呼ぶ。

無季。『いつしか人に生まれて』所収。　小枝恵美子

育《そだ》たなくなれば大人《おとな》ぞ春《はる》のくれ

「春のくれ」は、春の夕べである。浪漫的な感じは薄い。この季語の持つ明るさと暖かさ、ひらがな表記の「くれ」の優しさ。一句を暗くしないで、大人になった感慨をさり気なく表している。これ以上育たなくなったら、正真正銘大人なのだ。う〜ん、なるほど、そうかと思わされる。当たり前なことだが、あまり思いもしないことが堂々と表現されている。育ったのが子どもや孫で、その成長を表現しているとも読めるが、それはつまらない。自分、もしくは人間一般として読んだ。

自解では「『歳をとるのが面白い』と書いたことがあった。二十年前のことだ。自分の加齢は、今も興味深く面白くもあるけれど、既に怖い気持の方が何倍も強い」と述べられている。育ちきった大人の行く先はどこ？　長く続く老いの下り坂だ。体力、気力の衰えは致し方ないが、それなりに下りをぼちぼち楽しみたい。

季語「春のくれ（春の暮）」（春）。『いつしか人に生まれて』所収。　　児玉硝子

枝垂桜《しだれざくら》わたくしの居《い》る方《ほう》が正面《しょうめん》

「枝垂桜」、別名糸桜と言われ、細くて柔らかい枝が長く垂れ下がっている桜。神社やお寺、公園などで多くの人の目を楽しませる桜だ。花見客には正面はここだとわかるような木の案内板みたいなものや、順路なども示されていることが多い。でも、作者はそんなことにはお構いなしに、正面は「わたくしの居る方」と言い切ってしまう。ちょっと唯我独尊気分である。その強引さが爽快、愉快。

枝垂桜といえば、京都の円山公園の祇園枝垂桜が真っ先に思い浮かぶ。そして、与謝野晶子の「清水へ祇園をよぎる桜月夜こよひ逢ふ人みなうつくしき」の夜桜の光景だ。桜のおかげで何でも肯定できる大らかな人になったような気になる。実際に行った経験からいえば、人出が多くて情緒半減ではある。時間帯が悪かったのかもしれないが。それでも桜に引き寄せられて出かけてゆくのは春の決まりごとである。

季語「枝垂桜」(春)。『いつしか人に生まれて』所収。　児玉硝子

想像《そうぞう》のつく夜桜《よざくら》を見《み》に来《き》たわ

「夜桜」は想像がつく。でもやはり、今年も「夜桜」を見に来ている。ぼんぼりが灯り、夜空を背景に、桜は期待どおり。はかなく、切なく、幻想的。夜桜の美を再確認。と同時に、花見客の渦中に。華やいだ空気、桜への高揚感、喧騒。心にすこし後悔と失望感。が、不思議な充実感も覚えている。想像のつく夜桜。何度も足を運ばずにはいられない夜桜。作者は戸惑い、考える。花見客にまぎれながら、歩きながら、眺めながら。あの日のシーン、出会った人たち、時代。さまざまな夜桜がよみがえる。生も死もすべてを受容。夜桜はいつも限りなくやさしい。生と死の揺らぎ、その一瞬に出会いたい。作者は自分自身を納得、確認するかのように「想像のつく夜桜を見に来たわ」と。そのつぶやきがそのまま一句に。日常の誰にも起こりそうな心の機微を、作者はシリアスにシニカルに描写している。

季語「夜桜」(春)。『いつしか人に生まれて』所収。　児玉恭子

まぼろしの鱶《ふか》が書斎《しょさい》を出《で》てゆかぬ

「まぼろしの鱶」が書斎にいる。出て行かない。いつもなら作者の聖域である書斎。「まぼろしの鱶」とは何か？「まぼろし」なのだから、実体はないのだ。書斎は深海である。書架のはざま、仕事に、書物に、文筆に没頭。とりとめのない意識の流れ、ハードボイルドな時間に身を任す。それは深海を漂うこと。鱶は大きく、黒く、獰猛。半面、深々と眠り、巨体を持て余す。鱶は作者に重くのしかかっている思考の比喩かもしれない。出口が見えない、解決の糸口が見えない、堂々巡りのどんよりした空気。かといって、身に迫る恐怖や苦痛を感じてはいない。鱶との時間をいつくしんでいるかのよう。虚無や不安がまるで同志や分身であるかのように。「出てゆかぬ」には「出て行ってほしくない」が潜む。この不可解な心。作者なら「恋に似ている」と表現されるだろうか。様々な鑑賞が許される心象句である。作者の恩師、三橋敏雄の句に〈共に泳ぐ幻の鱶僕のやうに〉がある。

季語「鱶」（冬）。『いつしか人に生まれて』所収。

児玉恭子

池田澄子の今4　姿勢　山田まさ子

——池田澄子さんって姿勢のよい方だなあと思っています。「雪積むや恋しくて猫背ひどくなりぬ」「降誕祭息子に猫背を突つかれし」「俳句思えば寒夜亡師に似て猫背」と詠んでおられますが、ヒールの靴の軽やかなポーズの写真を拝見したりします。十代の頃に体操をされていたからでしょうか。朗読を続けておられるからでしょうか。日頃、何か姿勢や体のために心がけていることがおありですか?

自分では特に感じたことがありません。私も炬燵に入っていたり、長く書いていたり、考えこんでいたりすると、腰の辺りがふにゃっと落ち込んでいることに気付くことがあります。それで慌てて深呼吸をしたりします。右の三句とも、そういう時の私です。三橋敏雄は背がやや高く、頑健に見えましたが、やや猫背ぎみでした。「水兵の頃の釣床猫背の因　敏雄」という句があります。遥か昔は、無理して細いハイヒールばかり履いていましたが、もう随分前から、ちゃんとしたハイヒールは草臥れるし、気になるし、で、やめました。「軽やか」は縁のない言葉になりました。体操をしていて、平均台が、ちょっと得意でした。チビで痩せで「体操部のチビちゃん」と呼ばれていました。体操をしていた人は、実は蟹股。股関節を使ったので、そこがやや柔軟でそのために、脚が開くんですね。威張って商店街を闊歩しているように見えてるかもしれません。若い頃の貯金みたいに、体はわりに柔らかい、と最近まで思っていたのですが、この頃、さすがにそうは言えなくなりました。孫に倒立を教えたこともありましたが、骨でも折ると大変なのでもうやりません。たまにやってみたくなりますけど、我慢。

朗読は、宝生あやこ（かなり有名な女優さん）先生が高齢になられてお稽古が出来なくなりました。劇団のアトリエもなくなったので、公演も出来なくなったし。高齢になられたからと辞めてはお気の毒なので、お稽古の代わりに、お宅に月に一回、お邪魔するようにしています。姿勢のよい素敵な方でした。

運動など、特には何もしていません。強いて言えば、友人とおしゃべりしながら、近所の川のほとりを少し汗ばむ程度に歩きます。歩くのは好きです。隣の駅あたりに用のあるときは歩いて行きます。でも、なかなか時間がないんですよね。それから、家の中を移動？するときに、大袈裟に手を振ったり、背伸びしたり、肩をぐるぐる動かしたりしながら歩いているかも。この頃、よく食べます。甘いものに目がないです。嫌いなものも別にないのでどうも太ってきてヤバイです。

腐《いた》みつつ桃《もも》のかたちをしていたり

小西昭夫

桃は中国の原産。球形で肉厚の実がなり、品種が多い。果肉は柔らかく多汁で甘く、糖分やカリウムなどを多く含んでいる。栽培中、病害虫に侵されやすい果物であるため、袋をかけて保護しなければならない手間の掛かる作物である。桃は傷つきやすく収穫後すぐに軟らかくなるため、賞味期間も短い。その意味では桃の実の忠実な写生とみることもできるだろうが、「いたみ」という言葉に、「傷み」ではなくルビを振って「腐み」の文字を使っているところに作者の主観が強く表れている。

桃の実のかたちも味も匂いも女性を連想させるが、作者は自解の中で「『現代俳句文庫・29』の解説文に、この句について谷川俊太郎さんが、『老いに向かう女の姿をここに重ね合わせることは、もちろんひとつの解釈に過ぎないが』と書いてくださっていて、確かに、この句に私はそのことを隠し含ませた」と述べている。

季語「桃」(秋)。『いつしか人に生まれて』所収。

口紅《くちべに》つかう気力体力《きりょくたいりょく》　寒《さむ》いわ

小西昭夫

女の人はほんとに大変だろうなあと思う。口紅一つとってみても、いろんな色があるし、いろんなメーカーがある。高いものもあるし安いものもある。その中から何本かの口紅を買う。それだけでも、ものすごく気力と体力を使うに違いない。さらに、TPOに合わせて口紅を使わなければならない。外出したくない日に何か用があって出かけなければならないのだろうか。そんな日は特に気力と体力を使うのだろう。「寒いわ」がそう思わせてくれるのだが、滑稽でもある。

作者は自解で「読んで下さる方は、『気力体力』の次の空白で『ン』と息を止めていただきたい」、「五七五という音調は、ひたすら信じて身を委ねていると、あまりの安心のせいで、ずんずん流れていってしまう。だから時に抵抗したくなる」と分かち書きの意図を説明している。

季語「寒さ」(冬)。『いつしか人に生まれて』所収。

雨月《うげつ》かな声《こえ》を殺《ころ》すとどきどきして

「雨月」は、上田秋成の『雨月物語』や能『雨月』など古くから使われた言葉である。名月の夜なのになぜ雨なのだ、という残念な、月を惜しむ気持ち。そんな夜に、声を殺して話をすると、自分自身の声に不安が広がってゆく。広辞苑の「雨月」の第二義には「陰暦五月の異称」もあるが、この場合は第一義の秋の気分であろう。「雨月かな」と、もしも岸田今日子の声で朗読が始まると、怪奇現象の前触れのような気がするだろう。「声を殺すと」まで進むとそれはもうサスペンスである。幽霊や亡霊が出てくる『雨月物語』の影響だろうか。自解でも「どういう場合であったにしても、声を殺せば非日常の気分になる」とある。

ところが、ここで一転「どきどきして」とくる。サスペンスを作り出した作者は、まるで第三者のようにしらばっくれ、禁断のオノマトペ「どきどき」を使って可愛い少女に変身する。

季語「雨月」（秋）。『ゆく船』所収。

小西雅子

路地《ろじ》に朝顔《あさがお》アメリカにエノラ・ゲイ

「エノラ・ゲイ」は一九四五年八月六日、広島に原爆を投下したアメリカ軍爆撃機の名称。名前の由来は諸説あるが、機長の母親の名前説が有力。朝顔はヒルガオ科の蔓性一年草である。小さな国「日本」の小さな場所「路地」には、朝顔が咲いている。大きな国「アメリカ」からは、あのとき原子爆弾を搭載した爆撃機「エノラ・ゲイ」が来た。

芸能人や作家や芸術家など有名人が、政治家が悪い戦争が悪い、と声高に語ることはよくある。この句はそうではない。何も語ってはいないのである。朝顔は、聞き入れる形であり、吐き出す形であるとつくづく思う。その花の形のように静かに言葉を配しただけ。「朝顔」を「エノラ・ゲイ」と同じ位置に配しただけ。ラ行のリズムは、まるでラップのように淡々と進む。一年草の朝顔を今年も咲かせている路地の誰かがいる。あのときも路地に朝顔は咲いていたはず。

季語「朝顔」（秋）。『ゆく船』所収。

小西雅子

言語《げんご》せつなく富士山頂《ふじさんちょう》の凹《へこ》みかな

富士山は下から眺めるものである。当然、日常の生活の中で「山頂の凹み」は見えない。普段見えないものが見えた時、人の心は動く。富士山頂が凹んでいることは、誰もが知っている。当然、作者も知っている。しかし、実際にそれを目の当たりにした時、想像を超えた言葉で言い尽くせない何かがあったのだ。非日常の風景「富士山頂の凹み」。これを「かな」で切ることによって感動の中心を人事から自然へと移動させている。

自解によれば、川上弘美、長嶋有などが参加する同人誌「恒信風」の句会に参加したときの席題が「凹」で、その時「飛行機で松山へ行く途中、鮮明な富士山の噴火口を見た」ことを思い出して作った句だということだ。「上五」については、今も悩んでいると書いているが、この破調が「凹み」を見た時の作者の混乱を表しており、無季である意味もそこにある。

無季。『ゆく船』所収。　　　　　　　　　　佐藤日和太

かすてらの中《なか》の空気《くうき》の春《はる》たけなわ

「かすてら」が、明るく生命力に満ちた「春たけなわ」な空気をいっぱい吸い込んでふっくらと焼き上がった。動かないはずの「かすてら」の中で、見えないはずの「空気」が躍動しているのが見える。「かすてら」にフォークをさすたび、元気な「空気」が飛び出す。それを楽しみながらも、その「空気」と一緒に甘くしっとりしたクリーム色の「かすてら」を頬ばる。これで自分も「春たけなわ」に仲間入りだ。楽しく生命力に満ちた句である。

「春たけなわ」という季語と「かすてらの中の空気」を取り合わせたのが絶妙。「春たけなわ」は、手紙の時候の挨拶として用いられ、「かすてら」は、よく贈品として使われる。そこから、「春たけなわ」の町からもらった「かすてら」を、その町に住む人と春を思いながら食べるのだとも読める。しかし、季語の力をそのまま感じられる前者のように読みたい。

季語「春たけなわ」(春)。『ゆく船』所収。　佐藤日和太

坐《ざ》せば野《の》の此処《ここ》はわが席鳥渡《せきとりわた》る

坐せば、はサ行変格動詞「坐す」の未然形＋順接仮定条件の「ば」。そこで「もし坐ったら」の意味となる。坐ったら、野のこの辺りは私の席になるのだなあ、と思う。思いながらもう座りはじめているかもしれない。この広い世界にたまたま坐る私を認めてくれる野の寛ぎ。自然と作中内人物（作者）の融和を感じられそうだ。そこに鳥が渡っているのである。ちなみに「渡る」という語。『広辞苑』によれば、①水の上を越えて向こうへ行く、②上空を移動する、③別の所へ移動する、あるいは来る、などの意味を示す。俳句としては③で、秋にやって来た渡り鳥だろう。①なら「鳥帰る」という春の季語だ。この地を選んで渡ってきている鳥と、野原に溶け込むように坐ろうとする自分と、同質に感じられる所が楽しい。

季語「鳥渡る」（秋）。『ゆく船』所収。　　塩見恵介

気《き》がゆるむと騒《さわ》ぐたましい寒月光《かんげっこう》

『広辞苑』に拠れば「魂」は、①古来多くは肉体を離れても存在するとした霊魂②思慮分別③天分・才能などの意味がある。①が一般的だが、作者は②、③の自意識を戒めているようだ。「騒ぐ」も、やかましく声を立てる・不平を言うなどの意もあるが、ざわざわと音を立てる・ただならぬ動きを見せる、・思い乱れる・うろたえる、の意もある。私は後者を取りたい。自解の中で作者は感情の主要次元の緊張と弛緩について「一つの弛緩が一つの緊張に繋がったり、その逆もあったりする」と述べる。必ずしも気が緩むということを非道徳的とは捉えていない。ただ、騒ぐ魂は厄介だ。吉野弘は「祝婚歌」で「正しいことを言うときは／少しひかえめにするほうがいい」と言う。気が緩むと自分の主義主張が強くなる。「寒月光」は騒ぐ自意識を包んできりりと冷ましてくれそうだ。因みに自解では「気がゆるむと騒ぐたましい寒月下」とある。

季語「寒月光」（冬）。『ゆく船』所収。

塩見恵介

青草《あおくさ》をなるべく踏《ふ》まぬように踏《ふ》む

立春から一ヶ月もたつと陽ざしがすっかり明るくなり、野に出て遊ぶ華やぎがこの季語「踏青」の本意である。

が、なるべく踏まぬように踏むという作者。出足を大事にしているのであろうか、また、迷っているのか。いずれにしても、経験を得た人の注意深さと思われる。軽く柔らかく言うことで、硬くならず、情趣深さが感じられる。人生は一度、その短さゆえに、なるべく慎重に歩んで行きたいものであるとの感懐の句であろうか。わかってはいるがそうならないのが、現実かも。

口語表現で言い切ることで印象的な一句となっている。

季語「踏青」（春）。『ゆく船』所収。

清水れい子

ＴＶ《てれび》画面《がめん》のバンザイ岬《みさき》いつも夏《なつ》

地名が俳句でかがやくとき、その名に普遍性があり、言葉としてのひびきやイメージを持っている場合が多い。透き通るビーチが圧巻のリゾート地であり、日本からわずか三時間半でいけるサイパン島は一年中ほぼ夏の南の島。最北端のバンザイ岬は、太平洋戦争中、日本兵や民間人が集団自決し、多くの犠牲者を出した場所である。

作者がこのＴＶ画面のバンザイ岬にあえて「夏」の季語をおくことによって、雲ひとつない終戦のあの夏の日の記憶が蘇る。終らない夏の悲しさ、哀しさ、切なさが見事に表現されて、その心中がうかがえる鎮魂の一句である。

季語「夏」(夏)。『ゆく船』所収。

清水れい子

池田澄子の今5　食べる　久保敬子

——今回は「食べる」ことについてお聞きします。「少食を子に叱られて涼しさよ」と詠まれてますが、少食でいらっしゃいますか？　また、お酒はいかがですか？

ずーと痩せ気味で、かなり少食のタイプでしたが、この頃、食は進みます。友人にイケダサンは食べることが苦手みたいに見えていたけど、この頃美味しそうに食べるねと笑われたことがありました。お酒はあまり飲めません。句会の後、甘いお酒を一杯。ビールは苦くてだめです。傍にいる人が酔うと、私も酔った気分になって、酒席は好きです。

——お料理は愉しんでされる方ですか？

その気になれば愉しいです。毎日が愉しいという程には料理好きではありませんが、サボッたことはないです。主婦だからする、というのが正直なところでしょう。若いときが贅沢な食生活のできる時代ではなかったので洒落た料理には自信が無いです。

——視点が変わりますが、「食品は食べられるまでは一箇のものである。この世に在る友だ」と書かれています。その友としての思いってどのようなことでしょうか？

動物が動物を捕えて食べるということ、その様子は残酷に思えてしまいますが、生きるためにしょうがない、免れ難いこと。植物も自分の場を保つために戦っていますね。人間も動物の一種ですから、そうやって生きるしかないわけで、全て命を食べて命を保っています。そのことはとても不本意なことだとよく意識します。生きるって不本意なことに思えるんです。それを口に出すとキザに聞こえますから言いはしませんが、いつも感じています。ですから、命を食べるときに食べられるものに一層辛い思いをさせたくない。魚を空気中に置いている映像などとてもいやです。呼吸が出来なくてばたばたしているのを「新鮮、元気」なんて見ているのはイヤです。

——戦中戦後の食料難の頃から今まで「あれは忘れられない」という食べ物はありますか？

食料難というのは全くの子どもでしたから、どうということはなかったです。母達は大変だったでしょう。父の里に居ましたから、有り難いことに空腹に悩んだことはありませんでした。戦後、なんとかいう種類の麦を噛んでいるとガムのようになってほの甘くて美味しかったです。それから、筍の皮を裏返して梅干しを挟んで梅干しの味が沁みて赤くなった筍の皮を舐めるの、嬉しかったです。懐かしく時に思い出します。

——昔のおやつ、遊び心も感じられますね。ありがとうございました。

おどりいでたる蚯蚓《みみず》のみみずざかりかな

つじあきこ

突然掘り起こされ、土の中からこぼれ落ちてきた蚯蚓たちの驚きの声が聞こえてきそうだ。暗がりの地中から飛び出てきて、ただただ困惑の態で長い姿態をくねらせている。太いのや細いのや、まるでうどんがひしめいているようだ。桃色のつやつやとした、精気満々の蚯蚓の生命力をユーモラスに詠んだ句である。

蚯蚓は、その掴みどころのない形態からか、人間には敬遠されがち。だが、実のところは土を耕し、空気を送り込み、肥沃な土壌を作る仕事人なのだ。彼らにとって当たり前の日常が人間にとって、自然界にとって偉大な仕業となるのだから。ひたすら縁の下の力持ちの役を担って生きている。暗闇で過ごすという彼らなりの気遣いもあるのだ。

そんな蚯蚓からしてみれば、ちょっと顔を出すたびに人間の都合で驚かれても困るという言い分もあるだろう。

季語「蚯蚓」（夏）。『ゆく船』所収。

人生《じんせい》に春《はる》の夕《ゆう》べのハンドクリーム

人生にと、たいそうな前置きをしているようだが、薄明かりの空がゆっくりと暮れていく時間だ。傍のハンドクリームを手に取っているという、柔らかな春の主婦の日常を感じさせてくれる句である。

春の一日は長い。ゆったりとした気分で、気持ちのままに動けるという時間の余裕もある。夕飯の支度も大方済み、帰る人を待つだけの時間。「ああ、今日も一日が暮れていくなあ」と椅子に腰かけて手にとったハンドクリーム。指先へ撫でるように伸ばしていく。こんな穏やかな時間が主婦の日常にあるのだ。

冬ならどうだろう。暮れて行く空の色はどんどん濃い色に変わる。気忙しい一日を過ごした荒れた手に摺り込むハンドクリーム。冷え冷えとした夕暮れの静まり感に気持ちまでが痛々しくなってきそうだ。このハンドクリームの存在だけで十分、のどかな生活感が春の夕べにあるのではないか。

季語「春の夕べ（春の夕）」（春）。『ゆく船』所収。　　　つじあきこ

カメラ構《かま》えて彼《かれ》は菫《すみれ》を踏《ふ》んでいる

男は被写体を捉えることに夢中で足元の菫を踏んでいることに全く気づいていない。頭から爪先まで、その一連の動作を見たままに描写した一句。踏みつけられた菫に切なさをおぼえ、次に男が撮ろうとしている対象物は何であろうか？と思考が働く。絶景？世紀の美女？それとも歴史的瞬間？足元の菫とは比べものにならない大きな意味を持つもの？菫を踏んでいることなど気にもとめない男にしか撮れない写真があるのかもしれない。

目の前しか見えていない視野の狭さ、ただ一つのことだけに集中していくのが男の特性。そして彼のことも菫のことも同時に見てとれるのは多分女の特性。作者は彼を非難しているのではない。一極集中ののめり込みに感心する心があるように思う。こんな男が恋人ならばいつか菫のように踏まれてしまうかもしれない。悪気は全くないだろう。悪気がない故に女は男を責めることが出来なくなるのだ。

津田このみ

季語「菫」（春）。『ゆく船』所収。

椿咲《つばきさ》くたびに逢《あ》いたくなっちゃだめ

冬から春までと花期が長く赤やピンクのたくさんの花を咲かせる椿の木。椿が咲くたびに、と言うが咲いているときはずっと咲き継いでいるのが椿である。幾重にも重なる花弁は秘めた思いの結晶のようだ。椿どんどん咲くなぁ、どんどん逢いたくなるなぁ、咲くたびに逢いたくなってちゃキリがないなぁ。お互い恋だけで生きているわけじゃないものねとため息が聞こえてきそうな、そんな恋の句。

自解に「逢いたくなっちゃ駄目だったり、怒りたくなっちゃ駄目だったり、死にたくなっちゃ駄目だったり。『なっちゃ駄目』なことがあるのは生きている証」とある。でも「なっちゃ駄目」なことを時には破ってみたくなるのもまた生きているからこそ。そうだ駆け引きなんて置いておいて今すぐ逢いに行ってしまえ！　これこそが生きている証拠ではないかと単細胞の私は思ってしまうのだ。青いねぇ、と作者に言われてしまうだろうか。

季語「椿」（春）。『ゆく船』所収。　　津田このみ

初恋《はつこい》のあとの永生《ながい》き春満月《はるまんげつ》

「春満月」はしばしばおぼろ月である。水っぽくて大きい。その春の満月と「初恋のあとの永生き」という事実というか感慨を取り合わせた句。この取り合わせから、たとえば、月を見上げながら、初恋の後、長く生きてきたなあ、と思っている人を想像する。もし、初恋の人と結婚しているのだったら、二人で「長生きしたね」と感慨にひたっているのかも。どちらにしても、初恋の後の何十年かの歳月や出来事、思いなどが「春満月」みたい、なのだ。

作者は自解して、「私の本当の初恋は（略）十七歳のときのこと」と告白し、「ほんと、あとの永いこと。初恋の頃、自分の人生に、現在の私、それも俳句に現をぬかしている私を想像したことなど、たった一度もなかった」と述べている。「永生き」は普通には「長生き」と書くが、初恋の永遠性みたいなものを意識してこの表記をしたのかも。

季語「春満月」（春）。『ゆく船』所収。

坪内稔典

また夏《なつ》を賜《たまわ》る朝《あさ》のおでこかな

「夏を賜る」は夏という季節を迎えることができたという意味。季語としては「立夏」「夏来たる」「今朝の夏」に当たるが、大自然のめぐりの中に生かされているという自覚がこの「夏を賜る」である。「朝の」はその前後、つまり「賜る朝」「朝のおでこ」というように掛かっている。おでこに夏を感じる、それも「また」だから、例年のように感じるのだが、そのおでこの主は若いというか、おでこに生命感の満ちた人だ。禿げあがったり皺だらけのおでこではないだろう。「おでこかな」という詠嘆を伴った断定はおでこのその生き生き感を見事に強調している。

「おそるべき君等の乳房夏来る」（西東三鬼）をただちに連想するが、澄子はひそかにこの句を意識し、乳房でなく、おでこに夏を迎えたのではないか。セクハラになるが、ちょっと指で触れたいようなきれいなおでこを澄子は出現させた。

季語「夏を賜る朝（立夏）」（夏）。『ゆく船』所収。

坪内稔典

青嵐神社《あおあらしじんじゃ》があったので拝《おが》む

「青嵐」とは青葉のころ、草木の中を吹き渡るやや強い風。やや強いのである。大きく木々を揺さぶる風音は何故か心がざわめく。そんな風に吹かれながら歩いていると、ふっと神社が眼前に飛び込んでくる。青々と茂った木々の奥にひっそりと静寂に姿を現した神社。青嵐にあおられるように階段を上り神に二礼二拍したのだろう。「神社があったので拝む」というアイロニーが着眼。信仰心とはさりげなく距離をおくクールな余韻が爽やか。

「青嵐」と「神社」の取り合わせに「動と静」の両極のエネルギーが交差する。「青嵐」でなければ作者は神社があっても素通りしたであろう。自解のなかで「『青嵐神社』とも読めるところが弱いかもしれない。攝津幸彦は、堂々の立派な名前と錯覚させられるところが面白くもあったなどと、句集評に書いてくださった」と述べている。一年中青嵐が吹く「青嵐神社」があったら素敵だ。

季語「青嵐」(夏)。『ゆく船』所収。

鳥居真里子

短日《たんじつ》の燃《も》やすものものうないかしら

冬は日照時間が短い。冬至の頃にもなると夕闇はたちまちやって来る。暮れやすい一日を惜しむ趣の季語だ。年の瀬もせまり家の中をなにくれとなく整理したくなる気分も高まってくる。庭の草は枯れが進み、木々の葉ははらりとはらりと舞い落ちる。まだうっすらと冬の日が残っている夕暮れに、いらなくなった物を燃やす行為はまた焚火とはやや違う風情がある。「燃やすものものうないかしら」と作者が呟く言葉に短日の寂寥感が漂う。

「ねえ、もう燃やすものないの」と家人に元気に声かけしているようにもとれるが「短日」の季語でその場面は一変する。よわいを重ねてゆくにつれ、冬の暮れの早さはなにか人生を急きたてられている感がしてしまう。そんな時、一番に思うのは自身の身のまわりの片付けである。それは形のあるものだけではなく、心の中にある燃やすものへも意識が向くものなのだろう。なぜか切ない。

季語「短日」(冬)。『ゆく船』所収。　　　　鳥居真里子

句集の世界　『空の庭』　香川昭子

池田澄子の第一句集『空の庭』は、一九八八年、人間の科学社より刊行、一九七五年から一九八七年までの自選句が制作年順に二一四句収録されている。

「じゃんけん」の句とかはもちろん知っていたけれど、はじめて『空の庭』の全句を読んで、まだまだ気になる句、好きな句がたくさんあった。そのうちの例えばこんな句。

花火師に花火のあとの空の庭

句集の題名になった「空の庭」という言葉が印象的。一瞬であり永遠である花火は俳句かも。

水平に顎を回せり野のみどり

中七の「顎を回せり」がみどりの広さと呆然と立つ人間をくっきり表している。

春よ春八百屋の電子計算機

はやしことばのような「春よ春」と八百屋の電子計算機との意外な取り合わせによる、春のうきうき感。

百日紅町内にまたお葬式

「またお葬式」と、やや斜めに構えての人間くささ。

　　秋たのし家鴨の足音がたのし

ア音のくりかえし。「たのし」という感情をあらわす言葉をくりかえすという冒険のような書き方。

　　冬の闇見て見てこれ以上見えぬ

「見て見て」という明るい口語の呼びかけの先が、「冬の闇」であり、「これ以上見えぬ」である。諦念をあっけらかんと詠んでいる。

「草や木や虫や水が、そこに在り、そこに生かされ生きていると同じ私の存在。その日常の断面を書きとめることによって、うれしくもつらい『在る』ということの不思議を表わせないものかと思っています。（略）拙い二一四句の句集が、まだ知らぬこと、まだ知らぬ書き方に出合うための出発点になってくれることを切に願っています」後記より。

もし、この句集が出された今から二十六年前に、俳句を始めていて、リアルタイムでこの句集を読んでいたら、どんなだっただろう。まあともかく、私は、俳句が今まで以上に好きになっている。

啓蟄《けいちつ》や沖《おき》の沖《おき》には夜《よる》の沖《おき》

二村典子

啓蟄は、冬の間地中で過ごした虫が、暖かくなって地面に出てくる日のことである。冬ごもりからの解放、希望に満ちた第一歩を感じさせる季語である。そして、眼前に広がるのは海。「沖」もまた、まだ見ぬ未来の象徴として読むことができる。沖の沖に待つものが「夜の沖」とは意味深ではないか。

いやいや、意味深とか、象徴とかではなく、ここはひとつ虫の目線になってみる。暗い地中から這い出てみるとそこは海。ま、まぶしすぎる。そして、広すぎる。目の前の風景を海ということばで処理することができなければ、ただおそろしく、とまどうばかりであろう。「沖の沖には夜の沖」はそのとまどいにむけたささやきのように聞こえる。ささやいている人自身が、いつしか沖の沖を夢想し、うっとりしている風情がある。途方もないようで、当たり前のような風景。眼で、というより心の中で描かれた美しい風景である。

季語「啓蟄」(春)。『ゆく船』所収。

太陽《たいよう》は古《ふる》くて立派鳥《りっぱとり》の恋《こい》

いうまでもなく太陽は、太古から世界各地で信仰と崇拝の対象であった。しかも最高神、唯一神として描かれることが多い。また、およそ目に触れるもののなかで、太陽は最も古い。だからといって太陽に向かって「古くて立派」はどうなのであろう。ときは鳥も恋をする春。太陽がかがやきを増す季節である。

日常生活では、目下のものが目上の人をねぎらうとかほめるということは、どんなことばを使おうと、失礼であるとされる。ネットでは、気分を害しない上司のほめ方を求める質問が並ぶ。この句のようなほめ方（そもそもほめているのか？）は、感心もされず、喜ばれず、かといって腹も立てられず、日常生活では全く役に立たないが、俳句に盛り込まれると、絶妙なほほえましさとおろかさが醸し出される。「太陽」「鳥の恋」ということばがギリシャ神話のイカロスを連想させるせいかもしれない。

二村典子

季語「鳥の恋」（春）。『ゆく船』所収。

おかあさんどいてと君子蘭《くんしらん》通《とお》る

ピンポンと玄関が鳴って、母が玄関に出ていったら、花が届いた。母は何の花かと見たら君子蘭である。母は君子蘭が大好きである。ラッピングした君子蘭を玄関の中に入れて壁に立てかけてじっと見ているだけでもうっとり気分になってくる。

君子蘭の匂いがいい。母は床に横座りしながら君子蘭をじっと見ていたら、高校三年になる息子が学校から帰ってきた。そこに君子蘭が置かれていたら邪魔で通れないという。母は君子蘭を見ていたいのに、息子は君子蘭を抱え持って、リビングの方へ持っていこうとする。

「持っていかないで！　そこに置いといて頂戴、あなたが避ければいいだけのことよ」と母がいったら、息子は勝手に君子蘭を「どいて」と抱えてリビングに持っていくのである。母は君子蘭の匂いにつられてそのまま立ち上がって、君子蘭をリビングでさらにうっとりしながら横座りして見ている母である。

季語「君子蘭」（春）。『ゆく船』所収。

ねじめ正一

前《まえ》ヘススメ前《まえ》ヘススミテ還《かえ》ラザル

　この句は「ススメ」「ススミテ」「ラザル」のカタカナが凄味を生んでいる。とくに「前へススメ」は号令にも聞こえるし、兵隊が命令口調で上官に言われているようでもある。言われる方は信じて、まったく疑うことなく、言われるままに、言われたとおりに前へ進んでいったら、還れなかったのである。命をとられたのだ。兵隊の悲しさが伝わってくる。それも並々ならぬ亡くなった大西巨人の頑固さに似たような感情も浮かんでくる。

　この句は取り立てて俳句言語らしきものはない。余白の妙味というか、余韻も狙っていないし、ただの言葉で書かれているだけである。このただの言葉で俳句に挑もうとしているところがこの俳人である。

　俳句のただの言葉は一歩間違えると、ただの言葉で終わってしまうところであるが、この俳人はそんなことはお構いなしで、ただの言葉でススミテ還らざる。

無季。『たましいの話』所収。

ねじめ正一

泉《いずみ》あり子《こ》にピカドンを説明《せつめい》す

野本明子

「泉」は、地下水が自然に湧き出て湛えられているところ。その泉を前に、ピカドンが何であるかまだ知らない子に、ピカドンの説明をしているのである。命の源のような「泉」と、命を滅ぼすものである「ピカドン」の取り合わせは、いかにも悲しい。この子は、ピカドンという言葉を初めて耳にして、「ねえ何、それって何なの？」と問いただしてきたのかもしれない。その言葉の響きから、アニメのキャラクターとか、新しいファーストフードやスナック菓子のネーミングとか、あれこれ想像して。などと、思ってみたりしたところで、やはりピカドンはピカドン。作者はこの句を自解して「狭い」と断じ、「強いて助け舟を出すとすれば、何の為に、どう説明したかが書かれていないこと」と述べている。「説明す」という、やや硬い言い回しが、どうしようもなくピカドンであることを浮かび上がらせている。なお初版には「泉ありピカドンを子に説明す」とある。

季語「泉」(夏)。『たましいの話』所収。

夕月《ゆうづき》やしっかりするとくたびれる

野本明子

ようやく暗くなりはじめた、むらさきがかった色の空に、白い月が出ている。「夕月」である。新月から七、八日ごろまでの上弦の月で、夕方出て、夜にはもう沈んでしまう。その夕月を見ながら、仕事か、それとも何かちょっとした頼まれ事か、ともかく、それを終え「ああ、今日はしっかりしてくたびれたなあ」と、つくづく感じている場景。

帰宅途中であろうか。路面電車の走っているような、都会過ぎず、田舎過ぎず、そこそこ便利な、生活感のある町が目に浮かぶ。そして、この人物は、もともとしっかり者なのであろう。くたびれるとわかっているようなやっかいな事も、ついつい引き受けて、しっかり遣りおおし、その挙げ句の「くたびれたことよ」なのである。くたびれた、くたびれたと言いながら、今日一日を終える満足感をしっかり噛み締め、夕方のぼーっと白い月を見上げているのである。

季語「夕月」（秋）。『たましいの話』所収。

言《い》う前《まえ》にひらく唇《くちびる》すべりひゆ

「すべりひゆ」は温暖な地に咲く雑草である。葉はあつぼったく、夏に黄色い五弁の小花を咲かせる。そのすべりひゆと「言う前にひらく唇」という気づきを取り合わせた句。この句では、言う前にすでに唇はひらいている。それも最初の一音を発する形を用意している。という、あっそうかと思わせる発見を面白がっている。そこに雑草のすべりひゆを取り合わせたことで、何気ない日常の中に、オッという発見があることを想像させる。また、その唇は「すべりひゆ」という語感から「口がすべる」。実は言うつもりでないことをうっかり口にしてしまう唇かもしれない。とまで連想してしまうのだ。

作者は自解して、「取り合わせた下五の最後『ｈｉｙｕ』は、上五の最初『ｉｕ』と同じ口の形になるのが嬉しかった」と述べている。ここにも、句を何回か口にして発見したと思われる偶然の面白さがある。

季語「すべりひゆ」(夏)。『たましいの話』所収。

長谷川　博

世《よ》の中《なか》の炬燵《こたつ》の中《なか》という処《ところ》

「世の中」とはこの世にあるすべてのものをさす。いわば、全宇宙的広がりをもつ言葉である。その世の中と「炬燵の中という処」というまったく取るに足りない小さな場所を取り合わせた句。この取り合わせでは、世の中は公を連想させ、炬燵の中は私を、あるいは俗を連想させる。おそらく、炬燵の中では手が触れあったり、足が絡んだりしているのかもしれない。この連想は、私だけだろうか。作者のほのぼのとした生活の営みをこの句の背景に見ることが出来る。

私事であるが、行き詰まったり、落ち込んだときは、「…太陽系の中の地球。地球の中の日本。日本の中の大阪。大阪の中の…」小さい小さいと思うことで、緊張のガス抜きをしたものである。この句にある「炬燵の中という処」は、きっと作者にとっても、世の中というしがらみから逃げることの出来る、ほっとする空間なのかもしれない。

季語「炬燵」(冬)。『たましいの話』所収。　長谷川　博

目覚《めざ》めるといつも私《わたし》が居《い》て遺憾《いかん》

目覚める時。生まれる前か死んだ後のようにたゆたっていた精神と肉体とが急激に現実の世界へ引き戻されようとしている。夜具の上に居る、かねてより馴染みの自分を思い出す。生まれてこのかた付き合ってきて不足もあれば不満もあるが、自分なのだから別れるわけにもゆかないし。起きぬけのぽかんとした顔をして、何度眠ろうともここに戻るより他にはないのだと諦める。まさしく「遺憾」(思い通りにならず残念なこと)。

政治家のよく用いるいかめしい「遺憾」という言葉をこのような卑近な場面で使ってみせた意外性がこの句をどうしても微笑せずにはいられぬユーモアで包んだ。作者の嘆きが大仰な分、読む側は愉しくなるが、やがていつしか身につまされて読後感はうっすらほろ苦い。季語は見当たらないが、句集では春の句のさなかに置かれており、個人的には春の印象。

無季。『たましいの話』所収。

原　ゆき

春菊《しゅんぎく》が咲《さ》いてともかく妻《つま》で母《はは》

春菊が咲きましたよ。そして、とにもかくにも今日のところ私は妻で、母です。平坦な現状報告がどことなく可笑しい。春菊は野菊に似た愛らしい花だが食用となる葉の印象が強く花に気を留める人は少ないだろう。仮に地味な春菊ではなく桜や菫をこの句に配すれば「妻」「母」は途端に何か劇的な要素や湿気を帯びてくると思われる。作者は周到に春菊を取り合わせ、それを避けた。平凡な花と平凡な自分に等しくあっさりと陽が当たっている。

花が咲くと、ごく小さなものであってもその咲いている力に目は奪われて、その瞬間見ている自分が無くなってしまう心地になる時がある。花が百パーセントで、こちら側がゼロの状態。その妙な感覚をこの句にふれて思い出した。自分の存在をふと離れて宇宙から俯瞰しているような、心細い気持ちの良さを。

季語「春菊」（春）。『たましいの話』所収。　原　ゆき

句集の世界　『いつしか人に生まれて』　芳賀博子

『いつしか人に生まれて』は『空の庭』に続く第二句集。『空の庭』以後、一九八八年から一九九三年春までの俳句から二三一句を、ほぼ年代順に収載する。

「新しい俳句」の登場を俳壇内外に鮮烈に印象づけた初句集から五年。注目の第二句集は、まず装幀の趣ががらりと変わる。前作の銀一色の表紙を黒一色の化粧箱に収めてのシンプルで重厚なスタイルから一転、本作ではパールピンクの下地に手書きの楽譜をあしらった表紙で、読者を華やかに池田澄子の第二ステージへ誘う。

もっとも第二とは単に第一の続きを意味するものではない。なんといっても師・三橋敏雄直伝の、これまでにないもの、新しいものにこそ価値を認める表現者としてのあり方を、真摯に体現しようという著者である。「これまで」には当然過去の自作も含まれているはずで、さても句集は次の一句より始まる。

春風に此処はいやだとおもって居る

「此処はいやだ」なんて、まるで駄々っ子のような無邪気なセリフ。けれど句集冒頭の、それも第二句集の、という点を鑑れば、句意とはまた別に、池田澄子流の宣誓、あるいは先制パンチのようにも受け取れる。此処ではない何処かへの希求。ところがページを繰るうちに、「此処はいやだ」がやわらかに反転していくようで興味深い。

屠蘇散や夫は他人なので好き

花よ花よと老若男女歳をとる

マリア老いて近頃人からは見えぬ

産声の途方に暮れていたるなり

著者が五十代の前半から後半にかけての句群には、日々の発見や半生への感懐を織り交ぜつつ、老いにさしかかる「今、此処」を自身が一等おもしろがっているフシがあって、

いつしか人に生まれていたわ　アナタも？

不意の問いかけに、はい、と思わずこっくりニッコリと頷いてしまう。

さて、帯文では再び三橋敏雄が「他に紛れぬ一個の生命存在の証であろう」とエールを送り、先述の楽譜はジャズミュージシャンの息子が本句集に捧げた曲。校正は夫と娘が引き受け、後記に曰く「恵まれすぎたことであるかもしれない」。

と、ふと冒頭の句に立ち戻る。きっと十七音だからこそ表出し得ることのできたひと筋縄ではいかぬ実感に改めて共感、再び句集の世界に誘われる。

気《き》を抜《ぬ》くと彼《かれ》の上着《うわぎ》が欲《ほ》しくなる

火箱ひろ

気の張っていたときは、寒さなど気がつかなかったのに、ふっと気がゆるんだ。おや、なんだか寒いわ。彼の着てるその上着をちょっと貸して欲しいな、と思っているのだ。やっかいなことに、一旦寒いと思いはじめたら、彼の話も上の空になってしまう。薄着のオシャレを後悔しつつ、我慢している。

どこにも寒いと書いてないのだが、女性はよくこのような状況に陥る。気の張るところへの服装は、季節先取りの薄着だったり、重ね着だったり、滑稽だがオシャレにはかなり我慢の要素がある。

純情な女性なら、思っても上着を貸してなどとは言えず、席を外してちょっと温まってくるだろう。健気で可愛い。ある程度年を経た大人のカップルなら、貸してよと、彼の香りの上着をはおるだろう。「欲しくなる」という表現に一種の馴れを思うとき、この句は、にわかに大人の情感が漂ってくる。

無季。『たましいの話』所収。

棕櫚《しゅろ》咲《さ》いてシャツ・パンツ・ココロよく乾《かわ》く

棕櫚の花の咲く青空の下、洗濯したシャツやパンツを干した。ついでに私のココロも広げて干した。それらは初夏の日差しのなか、ぱりっと気持ちよく乾いている。

棕櫚を植えている家は、旧家を思わせる。それもモダンな洋風の日本建築と、昭和の少し窮屈な家風が漂う。家族、ご近所、親戚いろいろな浮世の義理。そんなものに煩わされる日常。心という重たいテーマが、シャツやパンツという俗なものと並び、ひらひら初夏の風になびく。そのときの解放感が、カタカナの「ココロ」に象徴された。

作者の自解には「シャツ、パンツ、とくれば次は何を干そうか。うじうじした『心』を干して、是非とも、情念には遠い『ココロ』にしてしまおう」と言っている。「心」が「ココロ」になったとき、一句全体がさばさばとした快さに満ちた。

季語「棕櫚咲く」(夏)。『たましいの話』所収。

火箱ひろ

忘《わす》れちゃえ赤紙《あかがみ》神風《かみかぜ》草《くさ》むす屍《かばね》

「赤紙」は軍の召集令状。「神風」は神の威徳によって起こるという風。あるいは、第二次大戦中の特攻隊の呼称。「草むす」は草が生えること。これらを「忘れちゃえ」と言う句。こういう風に言っても良いのかと戸惑い、その大胆さに驚く。句をそのまま読めば戦死者を冒涜するかのように読めるから。発表当時、いろいろと物議をかもしたらしい。『あさがや草紙』の中で作者は「イヤになるほど忘れられないという嘆きだ、としか思わなかった。そうは読まない人がおられるとは想像外であった。（略）自分が書かざるを得ずに書いたものならば、失敗作でも、悪評でも後悔しないで済む」と書く。第四句集に収められているのだが、それまでの数々の句を読んでいくと、戦争の愚かさや命の哀しみ、儚さをどうしてもこう書かなければならない作者の強さを思う。

無季。『たましいの話』所収。

陽山道子

人類《じんるい》の旬《しゅん》の土偶《どぐう》のおっぱいよ

縄文時代に作られたという土偶、その土偶のおっぱいと「人類の旬」が取り合わされている。初めて土偶を見たときは、その存在感に圧倒される。穴として表現されている眼やでんとしたお尻、つんと出っ張った豊かなおっぱい、それらのものに人類の繁栄を重ねている。あっけらかんと大らかな句だ。

作者は『あさがや草紙』で『誰かが作った土偶が今、目の前にあることの不思議な気持ちが言葉にならないまま何年経ったただろうか。家の玄関には、時折、レプリカの埴輪を置いたりしながら、その後、何回も土器にも土偶にも出会ってきた。世の中に嫌なニュースが飛び交う。人が人を騙す。人が人を殺す。人が地球を汚す。何故?とかなしんでいたら「人類の旬」の句が、現われた』と書く。その土偶の視点のない眼は、人間の歴史とともに虚空を見つめていて哀しい。

無季。『たましいの話』所収。　　陽山道子

相談《そうだん》の結果《けっか》今日《きょう》から夏布団《なつぶとん》

こんなことを言われても、と思ってしまう。まるで宿の女将と従業員の相談のようでもあるが、ここは家族分の寝具の話とする方が断然面白い。

昨夜は寝苦しかった。暑かったせいだ。そろそろ布団を替えた方がいいかしら。でも勝手なこともできないわね。まだ、夜中に冷えることがあるかもしれないし……。ちょっと自問自答。「ねえ、お布団、そろそろ夏の物に替えましょうか?」「そうだなあ、もう出してもいいだろうね」といった会話でもあったものだろう。凡人が句に仕立てようとすればこうはいかない。「相談の結果」といった言葉を俳句に持ち込むことさえ思いつきはしないだろう。かつて「小沢昭一の小沢昭一的こころ」というラジオ番組があった。それに摸していうならば「池田澄子の池田澄子的俳句」ということになろう。

季語「夏布団」(夏)。『たましいの話』所収。　　　　ふけとしこ

茄子《なす》焼《や》いて冷《ひ》やしてたましいの話《はなし》

焼いた野菜の多くは熱々を食べる。冷やして食べるのは茄子ぐらいだろう。焼いた茄子を冷やして皮を剥く。「たましいの話」とは自身が一人で考えていてもいいが、それならば「たましいのこと」でもよさそう。「話」というからにはやはり相手のある会話と思いたいが、何故ここで魂が出てくるのかなと考える。焼かれたり、冷やされたり、茄子も面喰っているだろうといったことがきっかけか。一寸の虫にも五分の魂とか、万物に魂があるとするならば、茄子にだってあるはずだ、と。ところで魂とは何？　私も時々考えるが、考えても解らない。肉体が滅びても霊魂は残るとは本当のことなのだろうか。だとすれば、人をはじめ生まれては滅んでいった諸々の魂がその辺にうじゃうじゃといて、その中で私たちは暮らしていることになる。

季語「茄子」(夏)。『たましいの話』所収。

ふけとしこ

先生《せんせい》ありがとうございました冬日《ふゆび》ひとつ

「先生」という呼び掛けから始まり、澄子さんの声が聞こえてくるようだ。今までの全てに対する感謝ゆえの過去形である。そこが悲しい。この悲しみは定型を外れるほどだ。自解に、病院で絶命された先生に向かい「ありがとうございました」と小さく声にして深くお辞儀をしたとある。お礼を申し上げる以外に何も考えられなかったその想いは「冬日ひとつ」に託された。

三橋敏雄は澄子さんを羽ばたかせた人であった。俳句という大空へ飛び立つための「最初の風」を吹かせた。即吟を押し付けなかったのだ。それからは高く押し上げる「追い風」になった。新しさの重視という風。私にも俳句の風を与えてくれた先生がいた。十年前に夭折された先生の葬儀中、見上げた冬の雲から声が聞こえてきた。思い出す先生の顔はぼんやりとしているが声ははっきりとしていた。

〈日向から冬の黄ぼこり誰も死ぬ　敏雄〉澄子さんの句と対話するかのようだ。

季語「冬日」（冬）。『たましいの話』所収。

藤井なお子

落椿《おちつばき》あれっと言《い》ったように赤《あか》

「あれっ」という声はやはり赤色なのだろう。「きゃっ」は黄色であり、「ひゃっ」は青色かもしれない。

多くの花は枯れる時に花びらが一枚ずつ散り落ちてゆくのに対し、椿は突如花まるごと落ちる。花に人格のようなものがあるとすれば、薔薇やチューリップの散り際はそれが崩壊するかのようだが、椿は凛としたまま散る。その軽い衝撃は正に「あれっ」。落ちている椿自体が「あれっ」と叫んだようにも取れる。そもそも冥いイメージも持ち合せた落椿だが、澄子さんの落椿はカラッとした明るさを持つ。そういえば、「椿咲くたびに逢いたくなっちゃだめ」もそんな個性が光っていた。先日、滋賀県の坂本を歩く機会があった。穴太積《あのうづみ》と呼ばれる石垣沿いに落椿を所々に見つけ、日本古来の風景といったところであったが、この作品を思い出すや「あれっ」と、現代的な明るい印象の赤色に見えてきた。

季語「落椿」(春)。『たましいの話』所収。

藤井なお子

表紙絵のカモメはゆく船をゆったりと見守りつつ羽ばたいている。帯には「**初恋のあとの永生き春満月**」の句、池田澄子さん六十四歳のとき出版された第三句集である。初恋のあと幾年？の春、満月を見ながら思い出している。

少し甘い気分で表紙を開き一句目「**考えると女で大人去年今年**」が飛び込んでくる。新しい年を迎えるとき、誰しも少しは自分の人生を自問自答するが、女で大人、大人で女ではない。新年を迎える大人の女性の凛とした姿が浮かび上がる。「**南瓜に種おんなに為さぬ抱負あり**」というのもある。南瓜の種は女の抱負なんだ、為さないがあるのだと言い切る。女三句それぞれ思い当たる。

「**良い月夜こころならずも腹がすく**」「**夕顔やまたも何かを食べねばならぬ**」今度は月や夕顔を愛で優雅な気分になっていても人は恥ずかしながらモノを食うのである。人は生き物だよと優しく言ってくれる。

そして同じ生き物で「**蝶々にならんと糞のかく豊か**」と青虫が蝶になる前の様子を糞で、しかも豊かと言ってくれるのである。虫たちも私たち人間と同じ視点で描いてくれる。

また「**幽霊が写って通るステンレス**」ステンレスに写る様を誰もが経験しているが、五・七・五のリズムに乗せ幽霊と言ったとたん楽しくなる。

この句集には三二九句の中に十数句の戦争俳句がある。

「**TV画面のバンザイ岬いつも夏**」「**八月十五日真幸く贅肉あり**」「**路地に朝顔アメリカにエノラ・ゲイ**」等々の句はあの戦争から今生きる自分までずっと繋がっていると平和ボケの私の頭をたたかれる思いがする。

「**雁や父は海越えそれっきり**」とも詠まれているが、ご本人も父を戦争で失った恨みが書かせていると語っている。その恨みという強い言葉以上に強い思いが読者に伝わってくる。

昔語りでなく、戦後六十九年の今の私にあなたにとってこの悲しみ、くやしさ、怒りは続いていることを突き付けてくる。

「**皇居前広場や握れば雪は玉**」この句を戦争俳句と感じる人は今後減っていくかもしれないが読み継がれてほしいものである。

このように俳句は広く、深くそして優しい詩であることを認識させてくれる句集である。

人《ひと》が人《ひと》を愛《あい》したりして青菜《あおな》に虫《むし》

まるで十代の女の子が作ったかのようにピチピチとして屈託がない作風に驚くが、そんな印象を与えている第一の要因は、「〜たりして」という述語をぼかした今風の若者言葉を使っていることにあるだろう。第二に「愛」という語のストレートな使用、第三に口語調を指摘することもできる。

だが実際、若い女性がこのように詠めるものだろうか。私は無理だと思う。その年頃の子は「愛」をもっと深刻に考えがちだし、さもなければ、ことさら軽く見せようと斜に構えるものだからだ。

でも、この句にはそうした気負いや力みが全くない。軽薄すれすれの明るさと軽やかさによって、愛するという人間の営みが全肯定されているのである。しかも「青菜に虫」というフレーズとつながることにより、あらゆる命を慈しむ仏教的境地まで開けてくる気がする。有情の世界への愛に満ちた作品だといえよう。

季語「青菜（春の菜）」（春）。『たましいの話』所収。　星河ひかる

舌《した》の根《ね》やときに薄氷《うすらい》ときに恋《こい》

星河ひかる

上五にびっくり。「舌の根の乾かぬ内」という成句以外にまず見かけることがない「舌の根」を独立させ、台座にでんと据えた格好なのである。平気で前言をひるがえすような悪い舌がえらそうにふんぞり返っている。そう見えるのは、「や」という重々しい切れ字のせいもあるのにちがいない。ゴーゴリの「鼻」のように滑稽でグロテスクだ。

中七下五は一転して可憐な風情をかもしだす。はかなげな薄氷と恋の取合せは少し通俗的。「ときに○○ときに△」というフレーズも安手な作りの歌謡曲のようだ。でも、それこそが作者のねらいなのだ。月並な調子と難解な内容のアンバランス。そこにこの句の面白さがある。下手に解釈したらその面白さが消えてしまいそうだ。読者はただ、ふてぶてしいほどたくましい作者の性根の据わり方を感じ取れば十分なのだろう。

季語「薄氷」(春)。『たましいの話』所収。

遅《おそ》き日《ひ》を袋《ふくろ》となりぬ油揚《あぶらあげ》

遅々として暮れかねる長閑な春の日に油揚は袋になりましたよ、という〈季語＋状況〉の句。「遅き日」は「日永」と同じだが「遅日」には日暮れの遅くなることに重点が置かれている。ゆったりとのびやかな春の日、具体的映像は「袋となりぬ油揚」。清廉な店主の店先、ショーケースに綺麗に並んだまったりと甘い稲荷鮨であるのかも、と思わせるのは「〜なりぬ〜」という言葉使いからであろうか。しかし、店の稲荷鮨は年中つくられている訳だから、店先のそれではなく家庭の夕景であろう。

のたりのたりの春の夕暮れである。静謐な佇まいの女性が物憂い感じで夕餉の支度をしている情景であろうか。例えば「遅き日を〜」の「を」という助詞を「の」に変えてみてもこの句のミステリアスな魅力は立ち上がってくるのだろうか。

季語「遅き日」（春）。『たましいの話』所収。　　松永静子

戦場《せんじょう》に近眼鏡《きんがんきょう》はいくつ飛《と》んだ

松永静子

戦場を主題にした一物仕立の無季俳句である。季節に属さないことで題材「戦場」は強調され、戦場にはいくつの近眼鏡が毀れ飛んだという感慨の句で、毀損した近眼鏡がクローズアップされている。毀損した近眼鏡の持ち主である人は書かれてはいないが、作者が深く憶うところは人であろうと思われる。この句、例えば有季にしたとする。一気に句意はぼやけてしまう。意識して無季にしていることがわかる。

作者は自解して、「父も、母方の叔父も近視で、予備の眼鏡を数個持って出征したそうである。（略）私が書いた〈飛んだ眼鏡〉は日本兵だけのものではない」と述べている。また「ユリイカ」のインタビューで「父が戦死したことが、私を書きたい人間にしたような気がしている」とも。

今もどこかで勃発する戦争のニュースを見聞きするたびに深く刻んだ記憶は心を離れないのであろう。メッセージソングのように感じる。

無季。『たましいの話』所収。

バナナジュースゆっくりストローを来《き》たる

広い売り場面積をもつスーパーの入口に立つとバナナ（四本）超特価九十八円の貼り紙が目にはいる。つい買ってしまう。一昔前、バナナは贅沢品だった。安くなったものだ。カロリーが高いこと。消化のいいこと、皮をむけばすぐ食べられること。いいことづくしである。バナナジュースはミキサーに牛乳とバナナを入れてつくる。

掲句、喫茶店で飲んでいるのだろうか。自宅だろうか。いずれにしろ一人で飲んでいる場面だ。ゆっくりストローを来る感覚、この発見は誰かと一緒だとむずかしい。ちょっとしたこと、なんでもないようなことを五七五音にのせて伝わってくるものは何だろう。掲句の場合、小生が受け取るのは「昭和」。

思えばバナナは昭和の時代を象徴する果物のような気がする。ゆっくりとストローで味わう、すこしどろっとした昭和。

季語「バナナ」（夏）。『たましいの話』所収。 松本秀一

野《の》に在《あ》りて小鳥《ことり》ごこちや百千鳥《ももちどり》

二〇一一年に刊行された第五句集『拝復』の巻頭を飾る一句。「百千鳥」とは春の朝、さまざまな小鳥が群れ囀っているさまをいう。季語「囀り」は声に、「百千鳥」は数の多さに眼目を置く。「野に在りて」で広々とした自然を想起させ、「小鳥ごこちや」で春がきたうれしさに身を小刻みにふるわせるような気分を示す。読み終えると句の作者は百千鳥のなかの一羽、小生もその中の一羽のような気がしてくる。それが句集を繙かせる。

ところで鳴鳥の雄は単独では下手くそな囀りを、雌に愛を告げるときには実に見事な鳴き声をするという。生きものにとって春は切実な季節でもある。一方、こういう小生も、夢見る頃を半世紀過ぎても、いくつになっても恋は恋…と思いたい時がある。さあ、小鳥ごこちで野に立って、囀りの練習をはじめましょうか。

季語「百千鳥」(春)。『拝復』所収。

松本秀一

この辺《あた》り山《やま》か裾野《すその》か春《はる》か夏《なつ》か

三池しみず

たいへん難解な句である。場所は「この辺り」と特定させず、地形も「山か裾野か」で季節も「春か夏か」でよくわからない。「この辺り」は、作者の心の中とか、身体と解釈して良いのだろうか。それとも秘密にしてしまいたい場所か、天空からみた彩りのある地域か謎なのだ。「山か裾野か」も現実のものなのか、空想上のものなのか、身体ならば胸なのかはわからないのだ。「春か夏か」というのは「春」と「夏」の境目かもしれないけれど。心地良い気温を感じさせ、ロマンチックな句だ。

俳句は、五・七・五の十七音の短い詩型なので、その制約の中で自身の個性をあらわすのは難しいことだ。作者は、この句の中において「か」を四つも使うということをしている。そのため下五も六音となっている。この句は、作者の実験的な挑戦だ。読み手に引っかかりを残す俳句である。

季語「春か夏か」(春・夏)。『拝復』所収。

八月《はちがつ》来《く》る私史《しし》に正史《せいし》の交《まじ》わりし

三池しみず

日本は、第二次世界大戦に参戦し、苦しい戦いをし、一九四五年「八月」には、広島と長崎に原子爆弾を投下されて、十五日についに終戦に至った。作者は、子供時代にこの戦争を経験した。「私史」に「正史」が交わっているのだ。戦争は、多くの死者を出し、恐怖や空腹を生み出した。国民の老若男女それぞれが、立場の違いはあっても悲惨な体験をしたと思う。戦争が終わり、年月は経過しても「八月」が来るたびつらい日々を作者は思い浮かべるのだ。

「八月」になると先の大戦の戦没者を祈念する式典が執りおこなわれている。毎年、新聞・テレビ・ラジオ等でも戦争の特集が組まれている。戦場で極限の恐怖を味わった方などが苦悩しながら証言をしている。あの戦争に何故、突き進んでしまったのか､回避する方策はなかったのかを検証する番組も最近では増えた。今の平和が続くことを願う。

季語「八月」(夏)。『拝復』所収。

もう秋《あき》とあなたが言《い》いぬ然《そ》うですね

水上博子

「もう秋」とあなたが言ったのに対し、私が「然うですね」と応じたのである。まるで会話のような句であるが、「然うですね」を言葉として実際に発したのではなく、心中の思いとしてもいいと思う。この二人は、長い年月を共に過ごし、紆余曲折を経て、今は静かな時間を持つことになった夫婦のように思われる。場所は縁側か庭の見える茶の間か。むろん若い人たちとしてもいいのだけれど。

日々の生活の中で、ふと季節の移ろいに気づくことがある。そしてそのことは、古来から詩歌によく詠われてきた。例えば「秋」だと、「秋きぬと目にはさやかに見えねども風の音にぞおどろかれぬる　藤原敏行」のように。この句もその系譜に連なるが、「もう秋」に「然うですね」と応じたこと、また「しかり、そのとおり」という意味を持つ「然」という漢字を使ったことで、一層「秋になった」という思いが濃くなったようだ。

季語「秋」（秋）。『拝復』所収。

きぬかつぎ嘆《なげ》いたあとのよい気持《きもち》

水上博子

「きぬかつぎ」は、小ぶりの里芋を皮のまま茹で塩などをつけて食べるもの。指で押すと衣を脱ぐように皮がむける。うまくむけるとなかなかに気分がよい。それと「嘆いたあとのよい気持」を取り合わせた句。生きていると何やかや鬱屈することがあり、それは外に吐き出したいものである。「あーあー」とひとしきりため息をつき、嘆いてみる。すると不思議なことに、とてもよい気持になる。嘆くことで深刻な事態になるのを避けているともいえる。

作者は自解して、「衣被の皮を指でぎゅっと押してつるんと剥けば、あぁすっきりと世は事もなく、明日は明日の風が吹くと思うことも出来る」と述べている。また「ともに嘆くことは、そのことで事が解決しないにしても、心身の健康に良いようである」と、友だちと嘆きあう意に解しているが、自分を相手に嘆いている句ととることもできよう。

季語「きぬかつぎ」(秋)。『拝復』所収。

句集の世界　『たましいの話』　山田まさ子

二〇〇五年七月に出版された第四句集である。二〇〇六年雪梁舎俳句大賞受賞。二〇〇〇年春から二〇〇五年春先までの三六八句を収めている。

この間、二〇〇一年一二月一日、一九七七年に私淑を決め、後に師事をしてきた三橋敏雄が逝去された。「師について話したり書いたりするのは難しい…しかし、機会があれば語り継ぐことで、私は多くの人に三橋敏雄の俳句を知らせたい。…一句でも多く知らせたい」（『あさがや草紙』）と述べる。その師を偲ぶ句も多く収められている。

これからの冬の永さを畳の上

敏雄逝き白泉忌すぎ三鬼の忌

先生の逝去は一度夏百夜

恋の句、悼句、戦争、生、死、日常…、それぞれの句の必然によって、口語、文語。無季にもなる。そのいずれの場合も、普通の言葉で書くという姿勢に変わりはない。

あとがきに、「これから、私がどれだけの俳句を詠むことができるのか知るよしもないが、自分を眺めることで、人というものが何なのかを少しでも知りたい。この世の万象が何なのかをこの身に感じたい。万象の中で人間がどういう存在なのかを、俳句を書くことで知っていきたい」と述べている。

「自分を眺める」。眺める…遠く見渡す。じっと見る。自分の中で自分を見るのではなく、池田澄子から抜け出した池田澄子が、離れたところから池田澄子を見る。そんな気がする。グーグルアースするように遥かはるか遠くから、また、ぐんと一気に間近くズームインしたり、ズームアウトするイメージ。そうして出現した言葉によって、茄子がたましいになる。あの世から見える馬になる。目の前のバナナジュースがゆっくり上ってくる。本当にと思う。微笑ませてくれる。

フルーツポンチのチェリー可愛いや先ずよける
さしあたり箱へ戻しぬ新巻鮭
あれは山百合いま絶対に匂っている
玄関に何度行っても冬深し
バッタ追いぬ男をひきとめるように
芹の水むかしの未来きらきらと
人生よりも言葉永けれ玉霰
面影と酒が残っていて寒し

永《なが》き夜《よ》の可《か》もなく不可《ふか》もなく可《か》なり

南村健治

秋の夜長である。もう少しいうと、雑事に一区切りをつけた秋の夜長である。でないと「可もなく不可もなく可なり」などと一日を振り返ったような台詞は出てこない。加えて、この台詞の「可」「不可」「可」の流れから少しの逡巡がうかがえるが、末尾の「可なり」が結局何事もなかった一日を相応に受け入れたことを伝えてくれている。そして、受け入れた以後も秋の夜長は続き、その夜長はまたしても「可もなく不可もなく可なり」なのである。反復がそれを予感させる。

ところで掲句の「永き夜」は多くの場合「長き夜」。しかし永続や永久の意味が強い「永き夜」とすることで「永き世」を連想させる。そして「可なり」の断定からは「永き世」の人生に起こる、一言でいうならば喜怒哀楽を「可もなく不可もなく」と受け入れ、それ以後も同じように受け入れ、なおかつやり過ごせるという強い気骨が感じ取れる。

季語「永き夜（長き夜）」（秋）。『拝復』所収。

冬《ふゆ》うららか海豚《いるか》一生《いっしょう》濡《ぬ》れている

イルカウォッチングかイルカショーか。いずれにしてもイルカを見ているのだが、イルカは「一生濡れている」という至極あたりまえの事実に想い至ったのだ。しかし、そのことに「一生」などと誰が付け加えることがあるのか。ならば、この「一生」には自分の一生と照らし合わせていないか。濡れて美しく煌めくイルカに比べ、世俗を生きた自分には得体の知れない何かが纏わり付いている。穏やかな「冬うららか」とは相反した自責の念のようなモノがうかがえて、感慨深い句である。

ところで、その「冬うららか」は「か」を付けて六音である。なぜ「冬うらら」と五音にしていないのだろう。で、何度か「冬うららか海豚…」と口ずさんでみたら、こうとしか言えないのだけれど、なんとも暖かな気持ちになった。ゆっくりと体に沁み込む暖かさである。さらりと自身の感慨を滲みださせる工夫がここにある。

季語「冬うららか（冬うらら）」（冬）。『拝復』所収。

南村健治

亀《かめ》にでもなって鳴《な》いたら撫《な》でてやろ

「亀鳴く」は想像上の季語だが古くからあり、藤原為家の「川越のをちの田中の夕闇に何ぞと聞けば亀のなくなり」によると角川歳時記にある。のんびりした春の情緒を表す俳味のある季語だ。声を出す器官を持たない亀が鳴くわけはないが、ぼんやりと暖かい春は突飛なことがあっても不思議ではない。

鳴かない亀が鳴くのも嘘。亀になるのも嘘、虚に虚をかけあわせると実になる。澄子さんの言葉マジックがここでも働く。亀になるのは何だろう！　人間ならいばって反りかえっている人、物ならツンとすましたマネキンや金ぴかの陶磁器とか？　そうやって現実を反転させ、ぷいとよそ向いている人や物を亀にして鳴かせて「あら、いい子ね」と頭をなでなでしてやるのは気分良さそう。

季語「亀鳴く」(春)。『拝復』所収。

三宅やよい

春日《しゅんじつ》遅《ち》々《ち》男結《おとこむす》びの場合《ばあい》は切《き》る

春日遅々は春の日がのんびりと暮れるのが遅いさまを表した言葉で古くは「詩経」に出てくるそうだ。

ゆったりした時間に対して男結びの場合は切る！　きっぱりした物言いにはっとさせられる。結び目の固い男結びを時間をかけて解くのではなくバッサリ切ってしまうのだ。遅々に対して切るという問答のような構成が素敵だ。「男結び」でなく女結びでは句にならない微妙な勘所を捉えるうまさはこの人ならではのもの。句集『拝復』後記で句を作るにあたって「傲慢でなく安易でなく、習慣に甘えず時流に流されないものでありたいと、強く意識していた」にもかかわらず「私の固定観念の狭さと堅さは、男結びの結び目を思わせた」とこの句をあげている。自らの俳句に対する心構えとも考えられる。

季語「春日遅々（遅日）」（春）。『拝復』所収。

三宅やよい

あら君《きみ》は蟻《あり》んこそれは私《わたし》の靴《くつ》

句またがりで二文に分割される。いずれも「XはY」型の文なのでリズムができる。前半は「あら君は蟻んこ」。「あら」は女性が使うオドロキや気づきの言葉。「あら何ともなや」みたいに感嘆詞から始める句はあるが、感嘆詞の後に「君は」とまず二人称を使って呼びかけることで「会話」的になる。「君」の存在に言及し、しかもそれが「蟻んこ」。最初から虫に呼びかけている点に意外性がある。

後半の「それは私の靴」。この「それ」は相手の立場にたった指示詞だ。蟻が私の靴の方に歩いてきているのだろう。蟻は結構速くちょこまか歩くが、実はほとんど目が見えていないとか。そんな蟻に呼びかけている感じだ。「君」「私」という二人称名詞と一人称名詞が並べられてアリながら、それがちっちゃい「蟻んこ」とでっかい人間であるところに、面白みがある。小さな命を愛おしむ優しさもある。

季語「蟻んこ(蟻)」(夏)。『拝復』所収。

森山卓郎

こっちこっちと月《つき》と冥土《めいど》が後退《あとずさ》る

「こっちこっち」は方向を表す指示詞だ。誰かを呼ぶ場面が想像される。それが、「月」と、そしてなんと「冥土」。これはいわゆる擬人法だ。ここから、「月」と「冥土」が呼んでいるような感じが出てくる。

さらに「月と冥土」は面白い。「ボーナスとマンションの階は高いほどよい」みたいに、「と」で違うものを結びつけている。くびき法という修辞だ。二頭の牛の「首」に「木」を渡してつなぐのと同じで、本来全く違うはずの言葉が意外な「共通性」によって結合される。それ自体が取り合わせの面白味となるという寸法だ。しかも「月」の青白さは「冥土」へのイメージにもつながる。

「後退る」がこれまたいい。「こっちこっち」と呼びながら、向こうへ後退るわけだから、ちょっと進みたくもなる。「冥土」だから後退ってくれればうれしくもある。美しい月とメメント・モリ(いつか死ぬことを忘れるな)の密やかなモチーフ。

季語「月」(秋)。『拝復』所収。　　森山卓郎

脱《ぬ》ぎたての彼《かれ》の上着《うわぎ》を膝《ひざ》の上《うえ》

脱いだばかりの彼の上着が膝の上にある。好きな人の上着だろう。脱ぎたてのぬくもりは彼への想いと重なる。瑞々しい恋の句だ。たとえば、穏やかな小春日和の午後。遠くになだらかな山並みの見える素朴な駅のホームにいるふたり。ベンチに腰かけている彼女に、脱いだ上着を預けて自動販売機にお茶を買いに行ったかもしれない。この句のシンプルな情感はひっそりとした、そして緩やかなふたりを想像する。

著書『休むに似たり』に同じ無季の俳句「脱ぎたてのストッキングは浮こうとする」について、この吟行句は初め季語を配したが帰宅後、無季にしたとある。そして「日々の暮しの中には、声高に言いつのるほどではないが、(略) その微かな心の動きに形を与え、小さなスポットライトを当てたかった」とあった。「脱ぎたて」というちょっとした事が繊細に端的に表現されている。

無季。『拝復』所収。　薮ノ内君代

どの道《みち》も日本《にほん》を出《い》でずカンナの朱《しゅ》

藪ノ内君代

海に向かう細い路地、または神社の向こうへ抜ける裏道か。あるいはどこか知らない道の袋小路など、どの道にも咲いているカンナ。花の色には赤色、黄色、絞りなどがあり次々と大きな花を咲かせる。この句のカンナは朱色。どの道を歩いても日本人の心の風景としてカンナがずっと咲き続けている、という句意だろうか。「日本を出でず」という言葉に何か作者の思いとカンナの朱がクローズアップする気配。カンナは遠くからでも目立つ鮮やかな花だ。子供の背丈位はあるだろうか。夏から秋にかけて咲く。今を盛りと咲いているカンナの花はどこか懐かしく、しんとした素朴な風景によく似合う。振り向けばずっとその同じ場所で手を振っているような親しく身近な花。生命力が強く真夏の炎天下のイメージがある。

季語「カンナ」(秋)。『拝復』所収。

句集の世界　『拝復』　陽山道子

『拝復』は第五句集。約五年間の句を、ほぼ作年順に近いかたちで並べ三八四句からなる。この『池田澄子百句』ではそのうちの二十一句を入れた。

五章からなるこの句集の巻頭句は「野に在りて小鳥ごこちや百千鳥」の句で、その章の終わりは「俳句思えば寒夜亡師に似て猫背」で、五章めでは「半夏雨逢えねば痩せさらばえ心地」で始まり「俳句思えば霞に暮れて朧月」で終わっている。つまり章ごとに「〜ごこち」の句から始まり「俳句思えば〜」という句でその章が纏められている。

〈先生（三橋敏雄）に私が共感し影響を受けたのは新しさの重視。それは「自分の俳句」を作る、ということ〉（『シリーズ自句自解1ベスト100池田澄子』）と、常に新しさ、自分らしさ、自分にしか書けない俳句を心しているという作者の、新しい句集の編み方といえるだろう。さらに、〈気が付いたら師と主題を共有し、持っていた〉と語る「戦火想望俳句」は、この句集でも「野晒しの飯盒その他おもほゆ海霧」「敗戦日またも亡父を内輪褒め」などが散りばめられている。

八月来る私史に正史の交わりし
亀にでもなって鳴いたら撫でてやろ
日傘たたむ走ってきたことは言わず
こっちこっちと月と冥土が後退る
初明り地球に人も寝て起きて
古今東西恋や未練や邪念や芽

私は右の作品の「亀にでも」などの軽やかないなし、「日傘」の微妙な心のニュアンス、「こっちこっち」の月と冥土の関係の危うさなどに心ひかれた。

この句集のタイトルになった句「本当は逢いたし拝復蟬しぐれ」には〈生きるということは、多くのものを拝受することだ。それらへの「拝復」の言葉、私にとっては即ち俳句の言葉〉と後記にあるが、そのまま亡父や亡師、生きとし生きるものへの切ない思いでもある。〈この句集が最後の句集となったら、満足できるのか、否〉という作者はまだまだ自分にしか書けない俳句を目指して突き進まれることだろう。

初明《はつあか》り地球《ちきゅう》に人《ひと》も寝《ね》て起《お》きて

初明りは、元日の朝、ほのぼのとさしてくる太陽の光のことである。一年の始まりを強く感じさせる。その光のさす地球に、夥しい数の生き物がいる。動物、植物、海草、バクテリア、きのこ。その中の一つとして、人は生きている。一年の初めの日の光を、初明り！と思う喜びと有難さ。

夜明けの光はいつでも、感慨深いものである。あわただしい日々の中にあっても、東の空を仰ぐことができる時は、うれしく、その、心の引きしまる静けさを、誰かと共有したいと思う。誰かに知らせたくなる。

元旦、昨日と同じ日の光が、初明りという言葉によって、希望に満ちた特別なものになる。そして地球と取り合わされた「人」は、とてつもなく大きなものの中で、小さな存在であることを自覚させられる。初明りは、人間、私にだけではなく、地球に存在する全てのものに与えられる。

季語「初明り」（新年）。『拝復』所収。　山田まさ子

蓋《ふた》をして浅蜊《あさり》あやめているところ

浅蜊の酒蒸しを作っているのだ。この料理で一番大切なのは完璧な砂抜き。きれいにした浅蜊を鍋に並べる。酒を加え、強火にかけ、蓋をして三分程待つ。浅蜊の口が開けば出来上がり。殺意はないが結果的に命を奪う。調理とはそれを意識せず行うことだ。しかし、作者は改めてはっきり、「あやめている」と表明した。故意に、計画的に死なせる。食べることは命を頂くことである、ということを自覚している。「あやめて」の冷静さ。

現代の普通の家庭では、生きている動物を、調理することはまれである。例外は貝類だ。触れた途端に口を閉じてしまうが、必ず生きたままで火にかける。その前の完璧な砂抜きとは、最も健やかに生かすことだ。娘が宮古島の「雪塩」を、浅蜊の砂抜きに使ってしまったことがあった。ええっ？　と思ったが、貝たちは全員、それは気持ちよさそうに、管を二本ずつ長く伸ばしていた。

季語「浅蜊」（春）。『拝復』所収。　山田まさ子

古今東西《ここんとうざい》恋《こい》や未練《みれん》や邪恋《じゃれん》や芽《め》

山本純子

古今東西、世界は恋で満ちている。得恋とは限らない。片恋、失恋、たぶんその方が多い。そこから未練が生じ、邪恋へ走る。でも、いいじゃないか。どんな恋も、恋は恋。人間を内側から突き動かすエネルギーあっての世界だ。

時は春。至るところに、あらゆる種類の新芽が芽吹く。そんな自然界の芽吹きと、人間の恋心とが、等価なものとして配置されている。世界を大きくつかんで表現する、池田澄子さんらしい句。

「古今東西」の思い切った破調による大胆な構え、「恋や未練や邪恋や」と徐々にふくらむエネルギー、その全体を〝芽〟という一音でキュッとまとめる。一音でまとめ得るのは、〝芽〟が、それだけきっぱりとした清新なイメージを持っているから。この句を朗読するなら、「古今東西」で間をとり、それから「邪恋や」で一呼吸とって、そのあとの「芽！」という予想外の言葉を強調したい。

季語「芽」（春）。『拝復』所収。

立《た》てば芍薬《しゃくやく》坐《すわ》れば空《そら》の見《み》える窓《まど》

窓の中の風景は、見る者の目の位置によって、その構図を変える。立てば、庭に咲く芍薬が見える。座れば、芍薬が視界から消え、代わりに、拡がる空が見える。人間の立ち居によって、窓の中の風景が一変する。そんなことに改めて気づくのだ。

「立てば芍薬」で、読み手はまず、絶世の美人の登場をイメージする。それが、中七下五で「えっ、外に、芍薬が咲いているの」と、突然の認知転換を迫られる。それが、この句の仕掛けだ。認知転換をすれば、庭には芍薬が満開なのである。

「立てば芍薬座れば牡丹」について、芍薬は直立した茎の先端に咲くので、立って見るのがいい、牡丹は枝分かれした横向きの枝に咲くので、座って見るのがいい、というところから生まれた形容だという説がある。

その真偽はともかく、「立てば芍薬」ということばを、その字義通り使用した遊び心が楽しい。

季語「芍薬」(夏)。『拝復』所収。

山本純子

よし分《わか》った君《きみ》はつくつく法師《ぼうし》である

芳野ヒロユキ

クマゼミの大合唱が鳴りを潜める頃、つくつく法師の声が聞こえ始める。ああ、夏が終わってゆくんだなぁと実感させられる鳴き声だ。だがそれは人間の側の実感。蝉は限りある生を次につなげる為に鳴いているにすぎない。作者は感傷を排し、つくつく法師をあるがままに受け止めているのだ。

私は次のように読みたい。昭和二十年八月六日広島に原爆。九日長崎に原爆。十五日敗戦。大勢の人が亡くなったのは何も八月に限ったわけではないけれど十五日を過ぎてつくつく法師の声が聞こえるようになるのは戦争で亡くなった人々への読経なのかもしれない。そうか、だからこの蝉の名に「法師」が付くのだとつくづく承知したのだ。この「よし分った」は、この蝉に法師の名が付いている根拠を悟ったのである。

季語「つくつく法師」（秋）。『拝復』所収。

西瓜《すいか》ほど重《おも》くなければど志《こころざし》

西瓜ほど重くないけどピンポン玉よりは重い志。ピンポン玉の所に西瓜より軽いものを次々に代入してみるとある一点に到着する。この志は西瓜以上ではないが、ほぼ西瓜と同じ重さであるということだ。志は「高・抱・立」という漢字と共に用いられることが多いが、「重い志」という概念がまず新しい。

「一寸の虫にも五分の魂」という対比構造の名言がある。一寸と五分、虫と魂の取り合わせが思いがけない反応を生み、豊かなイメージを作っている。作者は自解して「志には、容積はなくても重量はありそうな気がする」と述べている。西瓜と志、重さを持つものと持たないもの、具体と抽象、この対比が「志」に西瓜を持ったときと同じような生き生きとしたずっしり感を見事に与えている。

季語「西瓜」(秋)。『拝復』所収。　芳野ヒロユキ

本当《ほんとう》は逢《あ》いたし拝復蝉《はいふくせみ》しぐれ

拝復とは謹んで返事をする意で、返信の冒頭に用いる挨拶の語。何かとメールで済ませてしまいがちな昨今にあっては奥ゆかしい味わいを持つ。さて作者、嬉しい便りに早速ペンをとったものの、いきなり逡巡のもよう。本当は逢いたし、でもそうは素直に綴れない思慕の情が秘めやかにして、激しい蝉しぐれと共鳴するように響いてくる。蝉が鳴くのは求愛のためという。何年もを地中に過ごし、地表に出るやたった七日ばかりの命を恋の絶唱に費やすなんて、なんとはかなくせつないことだろう。ゆえにこそロマンチックで、この世に生受けたれば、かくありたしとも。

掲句は第五句集『拝復』の表題作だが「拝復」は第二句集を纏めているときよりすでにタイトル候補としてあったといい、作者の思い入れを感じる一語。自解では「日々さまざまのものを拝受していて、そのあとのそれ故の『拝復』である」と。

季語「蝉しぐれ」（夏）。『拝復』所収。

芳賀博子

使《つか》い減《べ》りして可愛《かわい》いいのち養花天《ようかてん》

「養花天」は花曇、すなわち桜の花の咲く頃の曇天。この時分は暖かかったり寒かったり、気候も不安定で心身の調子も移ろいやすい。けれど、どんよりした空も花を養い育てる天と振り仰げば、ぱっとワントーン明るく見えてくるというもの。そんな趣深い季語を取り合わせて、ほかならぬわが「いのち」を愛おしんでいるよう。

さてもそのいのち、「使い減りして」とはまことに言い得たりである。磨り減ってちょっぴりまあるくなったところどころも、長年愛着をもって使い込んできたからこそ。経年劣化と吐息をつくどころか「あら、可愛い。これからもどうぞよろしく」と撫で撫でしているところなど想像して、口ずさむたびにほがらかな気分になる。生や老いへの大らかな肯定を、決して大上段に振りかぶってでなく、作者ならではの茶目っ気で軽やかに仕立てられた一句。

季語「養花天」（春）。『拝復』所収。

芳賀博子

池田澄子略年譜（年齢は満年齢で表記）——香川昭子 編

昭和十一年（一九三六）
三月二十五日鎌倉に生まれる。
父の出征により父の里新潟県村上市に疎開。
のち結婚まで新潟市の日本海近くで育つ。
昭和十九年（一九四四）　八歳
八月二十日　父清蔵　戦病死。
昭和四十?年（一九七?）　三十?歳
「俳句研究」で阿部完市を知り　俳句に興味を持つ。
昭和四十九年（一九七四）　三十八歳
東京杉並区成田東に転居。
群島〔主宰・堀井鶏〕入会　のち同人。
初投句「死ぬ気などなくて死に様おもう秋」。

昭和五十二年（一九七七）四十一歳
「俳句研究」の「三橋敏雄特集」を読み私淑を決める。
昭和五十七年（一九八二）四十六歳
初めて「俳句研究」に七句。
同号「三橋敏雄論特集」を読み、あらためて師事を決心し、後日、三橋敏雄に手紙。
「五十句持参せよ」との返信を頂き持参(緊張のため二週間下痢)。五句のみ辛うじて○。
昭和五十八年（一九八三）四十七歳
三橋敏雄の紹介で「俳句評論」準同人になり、
天沼の句会に出席。高柳重信逝去。「俳句評論」廃刊。
昭和五十九年（一九八四）四十八歳
十二月、天沼の句会閉会。
以後は三橋敏雄指導の「檣の会」と、句会「亜の会」。
昭和六十年（一九八五）四十九歳
創刊された「船団」に参加。
昭和六十二年（一九八七）五十一歳
堀井鶏逝去。
昭和六十三年（一九八八）五十二歳

「群島」追悼号を出し、終刊。
「未定」に参加。
三橋敏雄の紹介で「面」句会に参加。
第一句集『空の庭』（人間の科学社）刊。
平成元年（一九八九）五十三歳
現代俳句協会賞受賞。
平成四年（一九九二）五十六歳
初めての講演・栃木俳句協会大会。
平成五年（一九九三）五十七歳
第二句集『いつしか人に生まれて』（みくに書房）刊。
平成六年（一九九四）五十八歳
「未定」退会。
朗読会・AYA（宝生あやこ）に入会。
平成七年（一九九五）五十九歳
「豈」入会。
『現代俳句文庫29—池田澄子句集』（ふらんす堂）刊。
平成八年（一九九六）六十歳

「豈」のリーダー攝津幸彦逝去。
平成十二年（二〇〇〇）六十四歳
養父・勝逝去。
第三句集『ゆく船』（ふらんす堂）刊。
三省堂国語教科書（中学三年）に「じゃんけん」の句、掲載される。
平成十三年（二〇〇一）六十五歳
三橋敏雄逝去。
平成十七年（二〇〇五）六十九歳
第四句集『たましいの話』（角川書店）刊。
平成十八年（二〇〇六）七十歳
雪梁舎俳句大賞受賞。
平成二十年（二〇〇八）七十二歳
評論集『休むに似たり』（ふらんす堂）刊。
エッセイ集『あさがや草紙』（角川学芸出版）刊。
平成二十二年（二〇一〇）七十四歳
『シリーズ自句自解Ⅰベスト100池田澄子』（ふらんす堂）刊。
平成二十三年（二〇一一）七十五歳

対談集『兜太百句を読む　金子兜太×池田澄子』（ふらんす堂）刊。
第五句集『拝復』（ふらんす堂）刊。
平成二十四年（二〇一二）七十六歳
七月より半年間、毎土曜日、「日本経済新聞」に一句付きエッセイ連載。
平成二十五年（二〇一三）七十七歳
「俳句αあるふぁ」に前年と同様のエッセイ連載中。

参考資料
「豈」五十一号池田澄子自筆略年譜

あとがき

池田澄子が俳句に関心を持ったのは三十代のある日、そして俳句雑誌に初めて俳句を投じたのは一九七四年三十八歳のときだったという（本書掲載の「池田澄子略年譜」）。その時の句は、

死ぬ気などなくて死に様おもう秋

であったというが、この句からいわゆる澄子の代表作、たとえば、

じゃんけんで負けて蛍に生まれたの

生きるの大好き冬のはじめが春に似て

ピーマン切って中を明るくしてあげた

までの距離は遠い。遠いというより、とてつもない飛躍を澄子は果たした、とい

うべきだろうか。師と仰ぐ三橋敏雄との出会いやその他いろいろがあって、澄子は大きく跳んだ。そして、最初の句集『空の庭』を世にもたらしたのは一九八八年、五十二歳の時であった。「死に様おもう」から「生きるの大好き」への転換、そこに澄子の大飛躍の秘密がある、と私は思っている。ともあれ、右に挙げた代表句を含む句集『空の庭』の後、現代俳句の一翼は彼女によって示されてきた。

この『池田澄子百句』は、彼女を仲間とする船団の会の会員が澄子の俳句の表現の魅力を考えたもの。俳句や澄子に対してさほど関心のない人でも読んでくれそうな、そんな本にしたいな、というのが編集委員（中之島5）や私の願いであった。ちなみに、編集委員は私が依嘱した。彼女たちを中之島《なかのしま》5《ファイブ》と名づけたのも私であった。メンバーを紹介しよう。

香川昭子　「晴れた日のイソギンチャクの首の音」「合歓咲いてそのへん空気軽そうね」などと軽々と明るく作る。奈良県奈良市在住。一九五一年生まれ。

久保敬子　「水茄子を素手でつまんで素手で裂き」「たべてねておきてあるいて春の老」などが最近作。作中の人物の姿勢に質朴という強さがある。大阪府堺市に住む。一九五〇年生まれ。

芳賀博子「老いてゆくボーイフレンド春かもめ」「ヘイタクシー明るい星へ行きましょう」などが代表作。川柳集『移動遊園地』を持つ川柳作家。兵庫県神戸市在住。一九六一年生まれ。

陽山道子「青葉風屋根の大きな家を買う」「峰々が明るくなる日茄子煮る日」は池田澄子が跋を書いている句集『おーい雲』の作。大阪府箕面市に住む。一九四四年生まれ。

山田まさ子「田村君とコーヒーを待つ時雨かな」「しおりひも中也にはさむ夏の雨」などのちょっと抒情的な句を得意とする。奈良県大和郡山市在住。一九五三年生まれ。

以上の五人は「坪内稔典の俳句塾」（朝日カルチャー中之島）の受講生だが、実のところは受講生というより論談の仲間に近い。百句の選出、校正作業などを大阪・中之島界隈のカフェを漂流しながら五人は続けた。時に私がその漂流に加わった。ちなみに、昭子、敬子、道子、まさ子は船団の会会員だが、博子は会員ではなく、先にふれたように「船団」にエッセーを連載中の船団シンパである。会員外の、しかも川柳作家の眼が加わったことで編集作業に広がりができたのだった。

さて、この『池田澄子百句』はどのように読まれ、そしてどのように俳句の世界を広げてゆくのだろうか。私にとって、澄子は畏友にして熾烈なライバルである。その澄子のオーラを中之島5と共にたっぷりと浴びたのはとても快適であった。私たちのその快適感は読者の方々に感染しそうな気がする。

七月、中之島バラ園のそばのカフェで

坪内稔典

池田澄子百句

2014年 8 月 16日 発 行　　定価＊本体800円＋税
2021年12月 16日 第二刷発行
2025年 8 月 20日 第三刷発行
編　者　　坪内稔典＋中之島5
発行者　　大早友章
発行所　　創風社出版
〒791-8068 愛媛県松山市みどりヶ丘9－8
TEL.089-953-3153 FAX.089-953-3103
振替 01630-7-14660 http://www.soufusha.jp/
印刷　㈱松栄印刷所　　製本　㈱永木製本

ISBN 978-4-86037-210-1